PAULA FOX

WAS AM ENDE BLEIBT

ROMAN

AUS DEM
AMERIKANISCHEN
ÜBERSETZT
VON SYLVIA HÖFER

VERLAG C.H.BECK

Titel der Originalausgabe:
Desperate Characters

ISBN 3 406 46060 7

Sechste Auflage. 2000

Für die deutsche Ausgabe:

www.beck.de
Gesamtherstellung: Kösel, Kempten
Gedruckt auf säurefreiem, alterungsbeständigem Papier
(hergestellt aus chlorfrei gebleichtem Zellstoff)
Printed in Germany

1

Mr. und Mrs. Otto Bentwood zogen ihre Stühle gleichzeitig hervor. Während Otto sich hinsetzte, betrachtete er das Strohkörbchen, in dem die Baguettescheiben lagen, eine Tonkasserolle, gefüllt mit sautierten Hühnerlebern, geschälte, aufgeschnittene Tomaten auf einem ovalen Porzellanteller mit chinesischem Weidenbaummotiv, den Sophie in einem Antiquitätenladen in Brooklyn Heights aufgestöbert hatte, und den Risotto Milanese in einer grünen Keramikschüssel. Ein starkes Licht fiel, vom bunten Glas eines Tiffany-Lampenschirms ein wenig gedämpft, auf dieses Mahl. Ein paar Meter vom Eßzimmertisch entfernt lag ein weißes Rechteck auf dem Boden vor dem Eingang zur Küche, der Widerschein einer fluoreszierenden Röhre über einem Spülbecken aus rostfreiem Stahl. Die alten Schiebetüren, die früher die beiden Räume im Parterre voneinander getrennt hatten, waren längst entfernt worden, so daß die Bentwoods, wenn sie sich nur ein wenig zur Seite drehten, die ganze Länge ihres Wohnzimmers im Blickfeld hatten, wo zu dieser Stunde immer eine Stehlampe mit weißem Halbkugelschirm brannte, und wenn sie wollten, konnten sie die alten Zedernbretter des Fußbodens, ein Regal, in dem zwischen anderen Büchern die gesammelten Werke von Goethe und zwei Bretter voller französischer Dichter standen, und die Ecke eines blankpolierten viktorianischen Sekretärs sehen.

Mit Bedacht faltete Otto eine große Leinenserviette auseinander.

«Die Katze ist wieder da», sagte Sophie.

«Wundert dich das?» fragte Otto. «Was hast du denn erwartet?»

Sophie blickte über Ottos Schulter zur Glastür. Sie führte zu einer kleinen Holztreppe, die wie ein Krähennest über dem Hinterhof schwebte. Mit sanfter Beharrlichkeit rieb die Katze ihren verwahrlosten, halbverhungerten Körper unten gegen die Tür. Ihr Fell, grau wie das Grau von Baumpilzen, war fast unmerklich gestreift. Ihr Kopf war unförmig, ein Kürbis, mit Hängebacken, ohne Charakter und grotesk.

«Hör auf, sie anzuschauen», sagte Otto. «Du hättest sie gar nicht erst füttern dürfen.»

«Wahrscheinlich.»

«Wir müssen den Tierschutzverein anrufen.»

«Das arme Ding.»

«Die kommt sehr gut allein zurecht. Wie alle diese Katzen.»

«Vielleicht hängt es von Leuten wie mir ab, daß sie überleben.»

«Die Leber schmeckt gut», sagte er. «Ich sehe nicht ein, was für einen Unterschied es macht, ob sie überleben oder nicht.»

Die Katze warf sich gegen die Tür.

«Beachte sie nicht», sagte Otto. «Möchtest du vielleicht, daß alle wilden Katzen von Brooklyn sich auf unserer Terrasse den Bauch vollschlagen? Ich habe neulich gesehen, wie eine einen Vogel gefangen hat. Das sind keine Miezekatzen, weißt du. Das sind Raubtiere.»

«Schau, wie lang es jetzt noch hell bleibt!»

«Die Tage werden länger. Ich hoffe, die Leute hier fangen jetzt nicht mit ihren verdammten Bongos an. Vielleicht wird es genauso regnen wie im letzten Frühjahr.»

«Hättest du gern einen Kaffee?»

«Tee. Der Regen fesselt sie ans Haus.»

«Der Regen ist nicht auf *deiner* Seite, Otto!»

Er lächelte. «Doch.»

Sie lächelte nicht zurück. Als sie in die Küche ging, wandte sich Otto rasch zur Tür. In diesem Augenblick stemmte die Katze gerade ihren Kopf gegen das Glas. «Gräßliches Mistvieh!» murmelte Otto. Die Katze sah ihn an, dann huschte ihr Blick weiter. Für ihn fühlte sich das Haus massiv und solide an; das Gefühl dieser Solidität war wie eine Hand, die sich fest auf sein Kreuz legte. Über den Hof hinweg, vorbei an den hektischen Bewegungen der Katze, sah er die rückwärtigen Fenster der Häuser an der verslumten Straße. Vor manche Fenster waren Lumpen, vor andere durchsichtige Plastikfolien genagelt. Von einem Sims baumelte eine blaue Decke herab. In der Mitte war ein langer Riß, durch den er die verblaßten rosa Ziegel der Mauer sehen konnte. Das zerfetzte Ende der Decke stieß gegen den oberen Rahmen einer Tür, die sich gerade in dem Moment, als Otto sich abwenden wollte, öffnete. Eine dicke ältere Frau im Bademantel bahnte sich ihren Weg in den Hof und leerte eine große Papiertüte auf den Boden. Einen Augenblick starrte sie auf den Abfall und schlurfte dann wieder hinein. Sophie kam mit Tassen und Untertassen zurück.

«Auf der Straße habe ich Bullin getroffen», sagte Otto. «Er hat mir erzählt, daß da drüben noch zwei Häuser verkauft wurden.» Er deutete mit der Hand auf die rückwärtigen Fenster. Aus den Augenwinkeln sah er, wie die Katze hochsprang, als hätte er ihr etwas hingehalten.

«Was passiert mit den Bewohnern, wenn die Häuser gekauft werden? Wo bleiben sie? Das habe ich mich schon immer gefragt.»

«Weiß ich nicht. Zu viele Leute überall.»

«Wer hat die Häuser denn gekauft?»

«Ein mutiger Pionier von der Wall Street. Und das andere, glaube ich, ein Maler, der aus seinem Loft am Lower Broadway ausquartiert wurde.»

«Dazu braucht man keinen Mut, sondern Cash.»

«Der Reis ist wunderbar, Sophie.»

«Schau! Sie hat sich auf diesem kleinen Sims zusammengerollt. Wie kann sie bloß mit so wenig Platz auskommen?»

«Sie sind wie Schlangen.»

«Otto, ich gebe ihr nur ein bißchen Milch. Ich weiß, ich hätte sie erst gar nicht füttern sollen. Aber jetzt ist sie nun mal da. Im Juni gehen wir sowieso nach Flynders. Bis wir zurückkommen, hat sie jemand anderen gefunden.»

«Warum bestehst du so darauf? Du läßt dich richtig gehen! Schau, es macht dir doch gar nichts aus, solange du nicht *sehen* mußt, daß die Katze verhungert aussieht. Dieses verdammte Weib hat gerade ihre abendliche Ladung Müll hier fallenlassen. Warum geht die Katze zum Fressen nicht dorthin?»

«Es ist mir egal, warum ich es tue», sagte Sophie. «Tatsache ist, daß ich sehen *kann,* daß sie hungrig ist.»

«Um wieviel Uhr sollen wir bei den Holsteins sein?»

«So gegen neun», sagte sie, während sie mit einer Untertasse Milch zur Tür ging. Sie griff nach oben und steckte einen kleinen Schlüssel in das Schloß, das auf einer Querstange über dem Rahmen angebracht war. Dann drehte sie den Messinggriff.

Die Katze miaute laut und begann die Milch zu schlabbern. Aus den anderen Häusern drang ein leises Klappern von Tellern und Töpfen, das Gemurmel von Fernsehern und Radios – aber allein die Vielzahl der Geräusche machte es schwer, einzelne herauszuhören.

Der massige Kopf der Katze hing über der kleinen Untertasse aus Meißener Porzellan. Sophie bückte sich und strich mit der Hand über ihren Rücken, der unter ihren Fingern bebte.

«Komm wieder herein und mach die Tür zu!» beschwerte sich Otto. «Hier drinnen wird es allmählich kalt.»

Das qualvolle Gejaule eines Hundes brach plötzlich durch das abendliche Summen.

«Mein Gott!» rief Otto aus. «Was machen die bloß mit diesem Tier?»

«Katholiken glauben, Tiere hätten keine Seele», sagte Sophie.

«Diese Leute sind keine Katholiken. Wovon redest du überhaupt? Sie gehen doch alle zu dieser Pfingstler-*iglesia* weiter oben in der Straße.»

Die Katze hatte angefangen, sich den Schnurrbart zu putzen. Sophie streichelte wieder ihren Rücken und zog ihre Finger bis zu der scharfen, bepelzten Biegung, wo der Schwanz sich nach oben reckte. Der Rücken der Katze hob sich krampfartig, um sich gegen ihre Hand zu pressen. Sie lächelte und fragte sich, ob die Katze schon einmal die freundliche Berührung eines Menschen verspürt hatte, und wenn ja, wie oft, und sie lächelte immer noch, als die Katze sich auf die Hinterbeine stellte, und sogar noch, als sie mit ausgefahrenen Krallen auf sie einhieb, und sie lächelte weiter bis zu der Sekunde, als die Katze ihre Zähne in den Rücken ihrer linken Hand grub und sich so an ihr Fleisch hängte, daß sie beinahe nach vorne fiel, fassungslos und entsetzt, doch war sie sich der Anwesenheit Ottos bewußt genug, um den Schrei zu unterdrücken, der in ihrer Kehle aufstieg, als sie ihre Hand mit einem Ruck aus diesem mit Widerhaken besetzten Kreis zurückzog. Sie warf die andere Hand hoch, und während ihr der Schweiß auf der Stirn ausbrach und ihr Fleisch kribbelte und sich zusammenzog, sagte sie: «Nein, nein, hör auf damit!» zu der Katze, als hätte diese nicht mehr getan, als um Futter zu betteln, und bei all ihrem Schmerz und ihrer Bestürzung war sie erstaunt zu hören, wie ruhig ihre Stimme klang. Dann plötzlich ließen die Krallen sie los und sausten zurück, als wollten sie einen weiteren Hieb austeilen, aber die Katze drehte sich – scheinbar mitten in der Luft – um, sprang von der Terrasse hinunter und verschwand unten im schattigen Hof.

«Sophie? Was ist passiert?»

«Nichts», sagte sie. «Ich hole jetzt den Tee.» Sie zog die Tür zu und ging rasch in die Küche, wobei sie Otto den Rücken zukehrte. Ihr Herz pochte. Sie versuchte, tief durchzuatmen, um das laute Hämmern zu dämpfen, und sie wunderte sich flüchtig über die Scham, die sie empfand – als wäre sie bei irgendeiner schändlichen Tat ertappt worden.

Während sie am Spülbecken stand, ballte sie die Hände zusammen und sagte sich, daß es nichts weiter sei. Ein langer Kratzer an der Wurzel ihres Daumens blutete ein wenig, aber aus der Bißwunde quoll das Blut heraus. Sie drehte den Wasserhahn auf. Ihre Hände sahen wie ausgelaugt aus; die kleinen sommersprossenartigen Flecken, die sich während des Winters gebildet hatten, waren blau. Sie beugte sich nach vorn gegen das Spülbecken und fragte sich, ob sie in Ohnmacht fallen würde. Dann wusch sie sich die Hände mit gelber Küchenseife. Sie leckte an ihrer Haut, schmeckte Seife und Blut und deckte dann die Bißwunde mit einem Stück Küchenpapier zu.

Als sie mit dem Tee zurückkam, blätterte Otto gerade einige zwischen blaue Deckel geheftete Akten durch. Er blickte auf und sah sie an, und sie erwiderte seinen Blick mit augenscheinlicher Ruhe, dann stellte sie mit der rechten Hand den Tee vor ihn hin und hielt die andere an ihre Seite gepreßt vor ihm versteckt. Er schien immer noch leicht verwundert, als hätte er ein Geräusch gehört, das er nicht identifizieren konnte. Sie kam allen Fragen zuvor, indem sie sich sofort erkundigte, ob er etwas Obst haben wolle. Er sagte nein, und der Augenblick war verflogen.

«Du hast die Tür offengelassen. Du mußt sie abschließen, Sophie, sonst geht sie wieder auf.»

Sie machte die Tür wieder zu und sperrte sie mit dem Schlüssel ab. Durch das Glas sah sie die Untertasse. Es waren bereits ein paar Rußflocken darin. Sie hatte im Herbst mit dem Rauchen aufgehört, aber es schien nicht viel zu nützen. Ich kann die Tür nicht wieder aufschließen, sagte sie zu sich selbst.

«Es ist vorbei», sagte Otto. «Endlich vorbei.»

«Was ist vorbei?»

«Sophie, du bist taub! Du hörst mir wirklich nicht mehr zu! Charlie ist heute ausgezogen, in sein neues Büro. Er hat mir erst heute morgen gesagt, daß er schon etwas gefunden hat. Er sagte, er wolle, daß das Ganze mit einem sauberen Schnitt endet. ‹Wenn ich die Akten brauche, kann ich dich dann kontaktieren?› Das hat er mich gefragt. Sogar mit einer solchen Frage unterstellt er mir, daß ich unvernünftig sein könnte.»

Sie setzte sich hin und hielt ihre linke Hand auf dem Schoß.

«Du hast mir nie viel davon erzählt», sagte sie.

«Da gab es nicht viel zu erzählen. Im letzten Jahr sind wir uns über nichts einig gewesen, über gar nichts. Wenn ich sagte, es würde regnen, zupfte Charlie an seiner Unterlippe und behauptete, nein, es würde nicht regnen. Er meinte, er habe die Wettervorhersagen aufmerksam gelesen und es würde ein schöner, klarer Tag werden. Ich hätte längst wissen müssen, daß Charaktere sich nicht ändern. Ich habe mich überall, wo ich konnte, oberflächlich angepaßt.»

«Ihr seid so lange zusammen gewesen. Warum ist es jetzt dazu gekommen?»

«Mir sind die neuen Leute, mit denen er sich angefreundet hat, seine Mandanten, egal. Ich weiß, was die ganze Zeit in der Kanzlei abgelaufen ist. Die lästige Arbeit habe ich erledigt, während Charlie sich seine komischen Hüte aufgesetzt und jedermann mit seinem persönlichen Charme umgeworfen hat. Alles, was er tat, bestand darin, so zu tun, als sei das Gesetz nichts anderes als ein paradoxer Scherz, und so etwas kommt bei vielen Leuten gut an.»

«Es wird schwer sein, sie wiederzusehen. Oder was glaubst du? Ruth und ich sind nie enge Freundinnen gewesen, aber wir sind miteinander ausgekommen. Wie macht man das, Leute einfach nicht mehr wiederzusehen? Und was ist mit dem Boot?»

«Man hört einfach auf, basta. Im Winter war es so schlimm! Du kannst dir die Leute im Wartezimmer nicht vorstellen, eine Armee von Bettlern. Er hat mir heute gesagt, daß einige seiner Mandanten von der Vornehmheit unserer Kanzlei eingeschüchtert waren, daß sie sich in seinem neuen Büro wohler fühlen würden. Dann sagte er, ich würde vertrocknen und verschwinden, wenn ich mich nicht, wie er es ausdrückte, auf die Welt einstellte. Mein Gott! Du solltest ihn reden hören, als ob man ihn heiliggesprochen hätte! Einer seiner Mandanten warf der Rezeptionistin Rassismus vor, nur weil sie ihn gebeten hatte, einen Aschenbecher zu benutzen, statt seine Zigarette auf dem Teppich auszutreten. Und heute halfen ihm zwei Männer, die aussahen wie Spione aus einem Comic-Heft, seine verdammten Kartons zu packen. Nein, wir werden sie nicht wiedersehen, und das

Boot kann er haben. Ich habe mir nie besonders viel daraus gemacht. Ja, eigentlich ist es nur eine Last gewesen.»

Ein heftiger Schmerz ließ Sophie zusammenzucken. Er sah sie stirnrunzelnd an, und sie merkte, daß er glaubte, ihr hätte das, was er gesagt hatte, nicht gefallen. Sie würde es ihm jetzt sagen, wieso denn nicht? Der Vorfall mit der Katze war so dumm. Jetzt, im Abstand von einer halben Stunde, wunderte sie sich über die Angst, die sie verspürt hatte, und über die Scham.

«Die Katze hat mich gekratzt», sagte sie. Er stand sofort auf und ging um den Tisch herum zu ihr.

«Zeig mal her.»

Sie hielt ihre Hand hoch. Sie tat weh. Er berührte sie vorsichtig, und seine Miene verriet Besorgtheit. Es schoß ihr durch den Kopf, daß er Mitgefühl hatte, weil die Katze bewiesen hatte, daß seine Warnungen vor ihr durchaus gerechtfertigt waren.

«Hast du sie ausgespült? Hast du etwas draufgetan?»

«Ja, ja», antwortete sie ungeduldig und sah zu, wie das Blut durch das Papier sickerte, und sie dachte, wenn das Bluten aufhörte, wäre die Sache zu Ende.

«Tja, es tut mir leid, Liebling. Aber es war wirklich keine gute Idee, sie zu füttern.»

«Nein, du hast recht.»

«Tut es weh?»

«Ein bißchen. Wie ein Insektenstich.»

«Ruh dich erst einmal ein bißchen aus. Lies die Zeitung.»

Er deckte den Tisch ab, stellte das Geschirr in den Geschirrspüler, kratzte die übriggebliebenen Leberstückchen in eine Schüssel und weichte die Kasserolle ein. Während der Arbeit warf er flüchtige Blicke auf Sophie, die ganz aufrecht dasaß, die Zeitung im Schoß. Er war merkwürdig berührt von der für sie untypischen Unbeweglichkeit. Sie schien zu lauschen, zu warten.

Sophie saß im Wohnzimmer und starrte auf die Titelseite der Zeitung. Ihre Hand hatte angefangen zu pulsieren. Es war nur ihre Hand, sagte sie sich, doch der Rest ihres Körpers schien auf eine Weise mitbetroffen, die sie sich nicht erklären konnte. Es war, als sei sie lebensgefährlich verwundet worden.

Otto ging ins Wohnzimmer. «Was wirst du anziehen?» fragte er sie fröhlich.

«Das Pucci-Kleid», sagte sie, «obwohl ich glaube, daß ich gar nicht mehr reinpasse.» Sie stand auf. «Otto, warum hat sie mich gebissen? Ich habe sie doch gestreichelt.»

«Hast du nicht gesagt, sie habe dich bloß gekratzt?»

«Was auch immer ... aber warum hat sie mich so attackiert?» Sie gingen zur Treppe. Das Mahagonigeländer glänzte im butterweichen Licht einer viktorianischen Kugel aus mattem Glas, die von der Decke herabhing. Sie und Otto hatten eine Woche gearbeitet, um die alte schwarze Farbe vom Geländer zu entfernen. Es war das erste, was sie nach dem Kauf des Hauses zusammen gemacht hatten.

«Weil sie wild ist», sagte er. «Weil sie von dir nichts anderes wollte als Futter.» Er stellte den Fuß auf die erste Stufe und sagte wie zu sich selbst: «Allein bin ich besser dran.»

«Du hast immer deine eigenen Mandanten gehabt», sagte sie gereizt und ballte die verletzte Hand immer wieder zusammen. «Ich verstehe nicht, warum ihr nicht zusammenbleiben konntet.»

«Dieses ganze Melodrama ... Mit so etwas kann ich nicht leben. Und er konnte es nicht lassen. Wenn ich nicht für ihn war, war ich gegen ihn. Damit will ich nicht sagen, daß es keine Gründe gibt. Ich will nicht behaupten, daß es auf der Welt irgendeine Art von Gerechtigkeit gibt. Aber ich kenne Charlie. Er benutzt diese Leute und ihre Fälle. Er will bloß nicht ausgeschlossen sein. Und ich *will* ausgeschlossen sein. Ach ... es war Zeit, daß alles zu Ende ging. Wir haben einander ausgelaugt. Die Wahrheit ist, daß ich ihn nicht mehr mag.»

«Ich frage mich, wie er sich fühlt?»

«Wie Paul Muni, der die Häßlichen und Ungeliebten verteidigt. Solche Anwälte hat es nie gegeben. Erinnerst du dich? Alle diese Filme aus den dreißiger Jahren? Diese jungen Ärzte und Anwälte, die irgendwohin in die Pampa ziehen und sich der Nachteile sehr wohl bewußt sind?»

«Paul Muni! Charlie hat recht», sagte sie. «Du lebst wohl nicht im richtigen Jahrhundert.»

«Stimmt.»

«Aber Charlie ist nicht *schlecht*!» rief sie aus.

«Ich habe nicht behauptet, daß er schlecht sei. Er ist verantwortungslos und eitel und hysterisch. Mit schlecht hat das gar nichts zu tun.»

«Verantwortungslos! Was willst damit sagen, verantwortungslos?»

«Sei still!» sagte Otto. Er schlang die Arme um sie.

«Paß auf!» sagte sie. «Ich mache dich blutig!»

2

Kurz vor dem untersten Treppenabsatz legte Otto eine Pause ein und wandte sich wie gewöhnlich um, um einen Blick zurück auf sein Heim zu werfen. Er fühlte sich von ihm angezogen. Er sehnte sich danach, die Tür, die er gerade geschlossen hatte, aufzustoßen, um das Haus leer zu *ertappen*. Es war, dachte er, ein bißchen wie der Wunsch, bei seiner eigenen Beerdigung Gefühle hegen zu können.

Mit ein paar Ausnahmen wurde jedes der Häuser im Block der Bentwoods jeweils von einer Familie bewohnt. Alle Häuser waren im letzten Drittel des vorigen Jahrhunderts erbaut worden, und zwar aus Back- oder Sandstein. Wo der Backstein gesäubert worden war, strahlte ein kalkiges rosa Leuchten ein Flair antiker Gelassenheit aus. An der Fassadenseite waren die meisten Wohnzimmerfenster mit weißen Fensterläden zugedeckt. Wo die Eigentümer sich diese noch nicht hatten leisten können, verhüllten Stoffstücke das Innenleben hinter den neuen Glasscheiben. Diese Stoffbahnen erfüllten zwar nur vorübergehend ihren Zweck, hatten aber einen gewissen Stil, gaben eine Art Vorahnung auf den jeweiligen Geschmack und waren keineswegs wie die Lumpen, die vor den Fenstern der Slumbewohner hingen. Wonach die Eigentümer der Straße gierten, war die Anerkennung ihres überlegenen Verständnisses für das, was auf dieser Welt zählte, und in ihrer Strategie, diese zu erreichen, verband sich Beherrschung mit Verlogenheit.

Eine Pension hielt ihren Betrieb aufrecht, aber die neun Bewohner waren sehr still, fast geheimnistuerisch, wie die letzten noch übriggebliebenen Angehörigen einer fremden Enklave, die täglich ihre Deportation erwarten.

Der Schandfleck der Gegend war ein mit gelben Ziegeln bedecktes Haus. Für diesen Stilbruch machte man eine italienische Familie verantwortlich, die in den schlimmsten Zeiten im Block gewohnt hatte und schließlich einen Tag, nach dem sämtliche Straßenlaternen zerschlagen worden waren, ausgezogen war.

Die im Jahr zuvor vom Stadtteilverein gepflanzten Ahornbäume begannen auszuschlagen. Aber die Straße war immer noch nicht gut beleuchtet, und trotz aller Anrufe, Briefe und Gesuche an das Rathaus und das zuständige Polizeirevier wurden selten Polizisten gesichtet, außer in Streifenwagen, die unterwegs waren zu den Slumbewohnern. Nachts wirkte die Straße still und ernst, als ob sie weiterhin versuchte, sich in der Dunkelheit zu verschönern.

Immer noch lag überall Müll herum, eine Flut, die anstieg und kaum abebbte. Bierflaschen und Bierdosen, Schnapsflaschen, Bonbonpapier, zerknüllte Zigarettenpackungen, eingetretene Schachteln, in denen Waschmittel, Lumpen, Zeitungen, Lockenwickler, Bindfaden, Plastikflaschen aufbewahrt worden waren, ein Schuh da und dort, Hundedreck. Otto hatte einmal, als er angewidert auf den Gehsteig vor ihrem Haus geschaut hatte, gesagt, daß kein Hund *so etwas* abgelegt hätte.

«Glaubst du, sie kommen in der Nacht zum Scheißen hierher?» hatte er Sophie gefragt.

Sie hatte nicht geantwortet und ihm nur aus den Augenwinkeln einen leicht amüsierten Blick zugeworfen. Was hätte er gesagt, wenn sie ihm erzählt hätte, daß diese Frage sie an einen bestimmten Abschnitt ihrer Kindheit erinnert hatte, als die Darmentleerung, wie ihre Mutter es nannte, von Sophie und ihren Freundinnen als Betätigung in der freien Natur aufgefaßt wurde, bis sie alle bei einer gemeinschaftlichen Sitzung unter dem Fliederstrauch erwischt wurden? Sophie war eine Stunde lang in die Toilette gesperrt worden, um, wie ihre Mutter gesagt hatte, das für diese Funktionen geeignete Behältnis zu studieren.

Die Holsteins wohnten in Brooklyn Heights in der Henry Street, zehn Blocks weiter als die Bentwoods. Otto wollte nicht das Auto nehmen und seinen Parkplatz verlieren, und obwohl Sophie nicht nach Gehen zumute war – ihr war ein wenig übel –, wollte sie nicht darauf bestehen, gefahren zu werden. Otto würde sonst denken, der Katzenbiß habe ihr mehr zugesetzt, als es tatsächlich der Fall war. Es kommt einen in der Regel teuer zu stehen, wenn man sich lächerlich macht, dachte sie. Ihre Albernheit hatte zumindest einen kleinen Stich verdient.

«Warum werfen sie alles auf den Gehsteig?» fragte Otto ungehalten.

«Es ist die Verpackung. Der Verpackungswahn.»

«Es ist schlicht und ergreifend eine Provokation. Ich habe gestern einen Farbigen beobachtet, der einem Abfallkorb einen Kick gab. Als er auf die Straße hinausrollte, legte er seine Hände an die Hüften und brüllte vor Lachen. Heute morgen sah ich den Mann, der die Decke aus seinem Fenster hängen läßt, wie er auf seinem Bett stand und in den Hof hinauspißte.»

Ein Auto rollte langsam vorbei; ein Fenster schob sich nach unten, und eine Hand ließ vorsichtig ein Kleenexknäuel los. Sophie lachte auf. «Amerikaner ...», murmelte Otto, «lassen ihren Mist leise fallen, wo immer sie gerade unterwegs sind.»

Sie überquerten die Atlantic Avenue und gingen in westlicher Richtung weiter, vorbei an den arabischen Läden mit ihren Fenstern voller Lederkissen und Wasserpfeifen, den arabischen Bäckereien, aus denen es nach Sesampaste roch. Ein dünner orientalischer Klageton entschlüpfte einem Geschäft, das nicht größer war als ein Schrank. Drinnen starrten drei Männer auf einen handbetriebenen Plattenspieler. Sophie blieb vor einem jordanischen Restaurant stehen, wo die Bentwoods erst letzte Woche mit Charlie Russel und seiner Frau zu Abend gegessen hatten. Sie blickte durch die abblätternden Goldbuchstaben auf dem Glas hindurch und sah den Tisch, an dem sie gesessen hatten.

«Wie ist es möglich? An diesem Abend schien alles so freundschaftlich», sagte sie leise.

«War es auch. Als wir zum ersten Mal beschlossen, unsere Partnerschaft zu beenden, war es freundschaftlicher denn je. Aber diese Woche ...»

«Es ist ja nicht so, daß ihr jemals über irgend etwas einer Meinung wart – aber alles schien so gut geregelt.»

«Nein, wir waren uns nicht einig.»

Sie schrie plötzlich auf und streckte ihre Hand aus.

«Was ist los?» fragte er.

«Du hast sie gestreift.»

Sie blieben unter einer Laterne stehen, wo Otto ihre Hand untersuchte.

«Sie ist geschwollen», sagte er. «Sieht furchtbar aus.»

«Sie ist okay, nur empfindlich.»

Die Blutung hatte aufgehört, aber ein kleiner Klumpen hatte sich gebildet, der die Ränder der Wunde nach oben drückte.

«Ich denke, du solltest zum Arzt gehen. Zumindest solltest du eine Tetanusspritze bekommen.»

«Was meinst du mit ‹zumindest›?» rief sie irritiert.

«Sei nicht gleich so empfindlich.»

Sie bogen in die Henry Street ein. Otto stellte befriedigt fest, daß dort genauso viel Müll herumlag wie in ihrer eigenen Gegend. Ein Hauskauf in den Heights käme für ihn nicht in Betracht ... schrecklich überhöhte Preise, dieses ganze Immobiliengegrinse in staubigen, zerbröselnden Räumen – man stelle sich vor, was man aus diesen Holzteilen machen könnte! –, alle wußten, daß es Preistreiberei war, Gier, ganz miese Gier, zuschlagen, solange wir können, mit Stilgefühl artikulierte Immobilienpreise, Hypotheken wie fortschreitende Krankheiten: «Ich wohne in den Heights.» Natürlich war es in der Gegend der Bentwoods nicht besser, in der panische Angst herrschte, daß die Spekulanten, die jetzt die Gebäude inspizierten, von der «falschen» Sorte sein könnten. Otto haßte Grundstücksmakler, er haßte es, sich mit ihren fiesen Prozessen abzugeben. Es war das einzige, worüber er und Charlie sich noch einig waren. Er seufzte und dachte an den Polizisten, der letzte Woche das Wählerverzeichnis überprüfte und zu Otto sagte: «Dieses Viertel reißt sich wirklich zusammen, sieht nicht mehr so aus wie vor zwei Jahren. Ihr leistet hier was!» Und Otto hatte eine mörderische Genugtuung verspürt.

«Warum seufzst du?» fragte Sophie.

«Ich weiß nicht.»

Die Bentwoods verfügten über ein hohes Einkommen. Sie hatten keine Kinder, und da sie beide bereits etwas über vierzig waren (Sophie war zwei Monate älter als Otto), rechneten sie auch nicht mehr damit. Sie konnten so ziemlich alles kaufen, was sie wollten. Sie besaßen eine Mercedes-Benz-Limousine und ein Haus auf Long Island mit einer langfristigen Hypothek, die kaum noch eine Belastung darstellte. Es stand auf einer Wiese in der Nähe des Dorfes Flynders. Wie ihr Haus in Brooklyn war es klein, dafür aber ein Jahrhundert älter. Die Reparaturen hatte Otto aus seinen Bargeldreserven bestritten. In den sieben Jahren seit dem Erwerb hatten sie dort nur einen einzigen unangenehmen Sommer verbracht. Damals hatten drei homosexuelle Männer eine Scheune in der Nachbarschaft gemietet und die ganze Nacht hindurch Judy-Garland-Platten gespielt. Sie hatten ihren tragbaren Plattenspieler in einem betonierten Vogelbassin auf der ehemaligen Viehweide aufgestellt. Bei Mondschein oder im Nebel schallte Judy Garlands Stimme über die Wiese und bohrte sich wie eine gepanzerte Faust in Ottos Kopf. Noch im September kaufte er die Scheune. Er beabsichtigte, sie irgendwann in ein Gästehaus umzubauen. Zur Zeit war darin das Segelboot untergebracht, das er sich mit Russel teilte.

«Ich denke, ich werde das Boot einfach Charlie überlassen», sagte er, als sie die Stufen zur Tür der Holsteins hinaufgingen. «Ich weiß nicht einmal mehr, wieviel Geld jeder von uns hineingesteckt hat.»

«Wo wird er damit segeln?» fragte Sophie. «In der Bowery vielleicht, wo auch die Säufer schwimmen?»

Der verdammte Biß hat sie nervös gemacht, dachte er, und wenn sie nervös war, verschwand die Eigenschaft, die er am meisten an ihr schätzte – ihre Ausgeglichenheit. Sie schien sich gleichsam körperlich zusammenzuziehen. Er drückte die Klingel unter dem strengen schwarzen Schild, auf dem MYRON HOLSTEIN, M.D. gedruckt stand. Auch wenn er Psychoanalytiker war, sollte er etwas von Tierbissen verstehen, sagte Otto zu ihr, aber Sophie sagte, sie wolle keine Affäre daraus machen. Es sei schon besser geworden. «Bitte, bring es nicht aufs Tapet. Nur, daß ich gern früher gehen würde –» Dann öffnete sich die Tür.

Unter Flo Holsteins strahlenden Wandleuchten wanderten so viele Leute herum, daß es aussah, als sei gerade ein Ausverkauf im Gange. Auf einen Blick machte Sophie in der Menge einige Leute aus, die sie in dem Haus noch nicht gesehen hatte. Diese wenigen blickten verstohlen auf die Möbel und Bilder. Hier gab es nur Originale. Alles war echt: Mies van der Rohe, Queen Anne, Matisse und Gottlieb.

Flo hatte zwei erfolgreiche Musicals produziert. Mike Holsteins Klienten waren hauptsächlich Schriftsteller und Maler. Sophie mochte ihn. Otto sagte, er leide an Kulturverzweiflung. «Er kann seine eigene Branche nicht leiden», hatte Otto gesagt. «Er ist wie diese Filmsternchen, die bekanntgeben, daß sie an der UCLA Philosophie studieren.»

Aber in diesem Augenblick fühlte Sophie – das Gesicht von Dr. Holsteins starken, klobigen Händen umfaßt –, wie die nervöse Spannung der letzten zwei Stunden von ihr wich, als hätte man ihr ein mildes Schlafmittel verabreicht.

«Soph, Liebling! Hallo, Otto! Sophie, du siehst großartig aus! Ist das Kleid von Pucci? Wie gut, daß du nicht an deinen Haaren herummachst. Diese Frisur verleiht dir das Aussehen eines schönen traurigen Mädchens aus den dreißiger Jahren. Hast du das gewußt?» Er gab ihr einen Kuß, so wie fremde Ehemänner, auf die Wange, mit spitzem Mund, einem Ritual folgend.

Er wußte nichts über sie, nicht einmal nach zehn Jahren, aber sie mochte die Aura des Wissenden, die Schmeichelei, die sie zu nichts verpflichtete. Und sie mochte sein etwas lädiertes Gesicht, die enganliegenden englischen Anzüge, die er bei einem Londoner Händler kaufte, der jedes Jahr in einem Hotel im Zentrum Bestellungen entgegennahm, und die italienischen Schuhe, von denen er behauptete, sie gehörten zu seinem Verführerkostüm. Er war kein Verführer. Er war unnahbar. Er war wie ein

Mann, der sich von Akrobaten in einen Raum geleiten läßt.

Trotz ihrer Entschlossenheit, nichts zu sagen, merkte sie, daß sie ihm in den Nacken flüsterte: «Es ist etwas Schreckliches passiert ... Ich übertreibe, ich weiß, aber es war entsetzlich ...»

Als er sie zur Küche führte, packte ein Mann Otto am Arm, rief etwas und zog ihn zu einer Gruppe am Kamin. In der Küche gab Flo ihr hastig einen Kuß und kehrte ihr wieder den Rücken zu, um einen Blick auf eine riesige orangefarbene Kasserolle zu werfen, die in dem auf Augenhöhe eingebauten Herd stand. Zwei Männer, von denen einer den Wasserhahn auf- und zudrehte und nachdenklich ins Spülbecken starrte, sahen nicht auf.

«Was ist passiert? Möchtest du deinen Gin mit Eis?» fragte Mike.

«Eine Katze hat mich gebissen.»

«Laß mal sehen.»

Sie hielt ihre Hand hoch. Die schlaffen Finger sehen ziemlich mitleiderregend aus, dachte sie. Seit sie und Otto sich unter der Straßenlaterne die Schwellung angesehen hatten, schien sie zugenommen zu haben. Sie war eine Spur gelb gefärbt.

«Hör mal, das sollte untersucht werden!»

«Ach, es ist nichts. Es ist nicht das erste Mal, daß ich von einem Tier gebissen wurde.» Aber das stimmte nicht. «Es war ein Schock», sagte sie und stammelte ein wenig, so, als sei sie über ihre Lüge gestolpert, «weil ich dieses verdammte Biest gefüttert habe und es mich angegriffen hat.»

«Ich glaube nicht, daß es hier irgendwo in den letzten Jahren Tollwut gegeben hat, aber –»

«Nein», sagte sie. «Nein. Diese Katze war vollkommen gesund. Du kennst mich. Ich möchte die Heilige sein, die wilde Tiere zähmt.»

«Mike!» rief Flo. «Mach die Tür auf, ja? Also, Sophie, was trinkst du?»

«Fürs erste lieber nichts», erwiderte Sophie. Mike ließ sie mit einem Klaps auf den Rücken und einem Nicken stehen, das besagte, daß er wiederkommen werde. Einer der jungen Männer fing an, sich das Haar zu kämmen. Sophie ging in das lange Wohnzimmer. Ein Fernsehkomiker, den sie schon einmal bei den Holsteins getroffen hatte, hielt eine Rede inmitten einer Gruppe sitzender Leute, von denen ihm niemand große Aufmerksamkeit schenkte. Mit einer Stimme, die wahnsinniges Selbstbewußtsein ausdrückte, berichtete er, daß er, seit er sich seinen Bart habe wachsen lassen, keine gekochten Getreideflocken essen könne, ohne wie ein Schwein auszusehen. Als niemand lachte, strich er sich über die Stoppeln auf Kinn und Wangen. «Im Ernst!» rief er. «Diese Kids von heute sind wunderbar! Selbst ihr Haar drückt etwas aus! Ich will leben und lieben und ich selbst sein. Das ist die Botschaft! Im Ernst.» Er war klein und rundlich, und seine Haut glänzte wie Speck.

«Eine richtige Goj-Party», sagte jemand über Sophies Schulter hinweg. Sie drehte sich um und sah ein Pärchen Anfang zwanzig. Das Mädchen trug einen weißen Lederanzug, der Junge eine Armeejacke voller Buttons, wie Augäpfel geformt und bemalt, die aus dem Nichts ins Nichts starrten. Sein Kopf mit dem krausen Haar, das in alle Richtungen abstand, sah aus wie ein schamhaarbewehrtes Folterrad. Das Mädchen war schön – jung und makellos. Ihr bernsteinfarbenes Haar reichte ihr bis zur Taille. Um einen Knöchel trug sie einen schweren Reifen.

«Ich habe mindestens drei Juden gesehen», sagte Sophie.

Sie lächelten nicht. «Eure Partys sind so pädagogisch», sagte das Mädchen.

«Es ist nicht meine Party», entgegnete Sophie.

«Doch, es ist eure Party», sagte der Junge scharfsinnig. «Sache eurer Generation.»

«Ach, du lieber Himmel!» sagte Sophie lächelnd.

Sie sahen einander an. Der Junge berührte das Haar des Mädchens. «Sie ist eine ganz Schlimme, nicht wahr?» Das Mädchen nickte langsam.

«Ihr seid wohl Freunde von Mike junior?» fragte Sophie. Mike junior schlingerte durch das New York Community College und versetzte den Haushalt der Holsteins jedes Semesterende in Angst und Schrecken. Würde er noch einmal dorthin zurückkehren?

«Komm, wir hauen ab», sagte der Junge. «Wir müssen noch Lonnie oben in St. Luke's besuchen.»

«Im Krankenhaus?» fragte Sophie. «Für die Besuchszeit ist es zu spät.»

Sie blickten sie an, als hätten sie sie nie zuvor gesehen, dann trotteten beide leise, weder nach links noch nach rechts blickend, aus dem Wohnzimmer. «Das ist ein schöner Fußreif!» rief Sophie. Das Mädchen schaute aus dem Flur zurück. Einen Moment schien es, als würde sie lächeln. «Er tut mir beim Tragen weh», schrie sie. «Bei jeder Bewegung tut er weh.»

Otto lehnte gegen eine Wand und blickte nach oben, auf das Kinn einer kräftig gebauten Frau in Hose und Jackett. Es war eine englische Dramatikerin, eine Freundin von Flo, die ausschließlich in Versform schrieb. Otto hielt, wie Sophie im Vorübergehen bemerkte, eine Hand gegen die Holztäfelung gepreßt.

«Wir alle sterben vor Langeweile», sagte die Frau. «Der Grund der Kriege, der Grund der Morde, der Grund der Gründe: Langeweile.»

«Die Jüngeren sterben vor Freiheit», sagte Otto mit einer Stimme, die vor Beherrschung ganz matt klang.

Sophie fing seinen Blick auf. Er schüttelte ganz leicht den Kopf.

«Die Jungen werden uns retten», sagte die Frau. «Es sind die Jungen, dem toten Gott sei Dank, die uns retten werden.»

«Sie sterben an dem, mit dem sie sich zu heilen versuchen», sagte Otto.

«Sie sind ein *Spießer*!» sagte die Frau und beugte sich ein wenig herab, um ihm ins Gesicht zu sehen.

«Hallo, Suzanne», sagte Sophie. «Ich habe gerade jemanden sagen hören: ‹*I'm crashing.*› Was bedeutet das?» Sie bemerkte, daß sie eine geheuchelt-naive Miene aufgesetzt hatte. Es war unterschwellig beleidigend, und sie hoffte, Suzanne würde die Spitze fühlen.

«Im heutigen Sprachgebrauch», erklärte Suzanne großmütig, «bedeutet es entweder, daß man bei jemandem auf der Bude übernachten will oder daß man von einem Drogentrip runterkommt.» Sie machte eine Verbeugung vor Otto und entfernte sich. Sie sprach selten mit Männern, wenn andere Frauen in der Nähe waren.

«Mein Gott!» rief Otto aus. «Der Versuch, ihren Redefluß zu stoppen, kommt dem Versuch gleich, eine Zeitung unter einen Hund zu schieben, bevor er kotzt!»

«Ich kann es nicht ausstehen, wenn du so daherredest! Du wirst vulgärer, je älter du wirst. Ich kann dieses gemeine, verkürzte –»

«Wo ist dein Drink?»

«Ich möchte keinen Drink», sagte sie gereizt. Er stand direkt vor ihr und verdeckte den Raum. Es war ein Zögern in seinem Blick. Er hatte sie gehört, sich gehört, und es tat ihm leid. Sie konnte das sehen, und es tat ihr selber leid, daß sie ihn so scharf angeredet hatte. Einen Augenblick starrten sie sich an. «Dieser Knopf ist lose», sagte sie und berührte sein Jackett. «Ich werde etwas für dich organisieren ...», sagte er, aber er bewegte sich nicht von der Stelle. Sie hatten etwas abgewehrt, was gewöhnlich war; sie hatten gefühlt, wie zwischen ihnen die Kraft von etwas Ursprünglichem, Unbekanntem aufblitzte. Als sie versuchte, es zu benennen, löste es sich auf, und er ließ sie plötzlich in dem Augenblick stehen, als sie vergessen hatte, an was sie sich zu erinnern versuchte. Sie drückte ihre Hand gegen die Wandtäfelung. Sie sah aus wie eine Tarantel. Ihre Haut prickelte. Tollwut ... noch nie hat jemand die Tollwut bekommen, mit Ausnahme irgendeines Südstaatenjungen vom Land.

«Sophie, komm her», sagte Mike und führte sie die Treppen hinauf und in ein großes Schlafzimmer. Ein griechischer Hirtenteppich diente als Bettdecke; ein mexikanisches Pferd aus Ton stand vor dem Kamin. Auf einem der Nachtkästchen stapelten sich Krimis in billigen Bonbonpapierumschlägen.

«Wer liest die denn? Du oder Flo?»

«Ich», erwiderte er und seufzte und sah dabei sympathisch aus. «Sie sind das Richtige für mich. Sie gehen rücksichtslos über das hinweg, womit ich lebe: Potente Männer, zitternde Frauen ... die Struktur eines Mörders, säuberlich ausgebreitet wie der Inhalt eines Kinder-Federmäppchens.»

«Du liest nicht die richtigen.»

«Die neuen sind die alten. Die falsche Komplexität ist nur eine andere Art von Federmäppchen.»

«Was wird passieren?» brach es aus ihr hervor. «Alles geht zur Hölle –»

«Setz dich einen Moment hin und sei still! Ich möchte ein paar Ärzte anrufen, mal schauen, ob ich einen erwische. Es ist auf jeden Fall ein ungünstiger Abend.»

Er saß auf der Bettkante und wählte, ein Adreßbuch fest in einer Hand, den Hörer zwischen Hals und Schulter geklemmt. Sie hörte ihn mehrere Male sprechen, doch sie achtete nicht auf das, was er sagte. Sie wanderte im Zimmer umher. Ein grünseidener Morgenrock war über eine Chaiselongue geworfen. Auf dem Kaminsims standen ein paar präkolumbianische Statuetten, die mit leerer Bosheit auf die Wand gegenüber starrten und merkwürdigerweise so aussahen, als befänden sie sich außerhalb des Zimmers, seien aber im Begriff, hineinzustürmen und es zu plündern.

«Immer bloß der Anrufbeantworter», sagte Mike und legte den Hörer auf. «Es hat kaum einen Sinn, unsere Nummer zu hinterlassen. Hör zu, ich will, daß du ins Krankenhaus gehst. Es ist sechs Blocks von hier, und sie haben eine Notaufnahme, die nicht schlecht ist. Sie bringen dich in Ordnung, und du wirst eine ruhige Nacht haben.»

«Hast du gewußt,» hob sie an, «daß Cervantes in die Neue Welt wollte, nach Neuspanien, und daß der König über seinen Antrag schrieb: ‹Nein, sagt ihm, er soll sich hier irgendwo einen Job suchen›? Ist das nicht eine lustige Geschichte?»

Er beobachtete sie, ohne sich zu bewegen, mit leicht gefalteten Händen, die Schultern gekrümmt – in dieser Haltung hört er wohl seinen Patienten zu, dachte sie, als würde er gleich einen Schlag auf den Rücken bekommen.

«Bloß eine Geschichte ...»

«Was ist los?»

«Ich wollte, ich wäre Jüdin», sagte sie. «Dann würde ich, wenn ich sterbe, als Jüdin sterben.»

«Du wirst als Protestantin sterben.»

«Davon gibt es kaum noch welche.»

«Dann als Nichtjüdin. Ich habe dich gefragt, was los ist. Arbeitest du an irgend etwas?»

«Ich will nicht arbeiten; es erscheint mir sinnlos. Es gibt so viele, die besser sind als ich. Man hat mir einen Roman zum Übersetzen geschickt, aber ich konnte ihn nicht verstehen, nicht einmal auf Französisch. Er hat mich einfach irritiert. Und ich muß ja nicht unbedingt arbeiten.»

«Rezitier mir ein bißchen Baudelaire», sagte er.

«*Je suis comme le roi d'un pays pluvieux,*
Riche, mais impuissant, jeune et pourtant très vieux –»

Sie unterbrach sich lachend. «O mein Gott, es gefällt dir. Du solltest dein Gesicht sehen! Warte! Hier!» und sie schnappte sich einen Handspiegel, der auf der Kommode lag, und hielt ihn vor sein Gesicht. Er sah sie über den Spiegel hinweg an. «Ich könnte dich küssen», sagte er.

«Nein, nein ... du verstehst nicht. Ich mochte die Art, wie du geschaut hast. Daß ich nur ein paar Zeilen zu rezitieren brauchte, um so einen Blick heraufzubeschwören!»

«Hilflose Seligkeit», sagte er und stand auf.

«Weißt du, daß Charlie und Otto ihre Partnerschaft beenden?»

«Otto vertraut sich mir nicht an.»

«Sie kommen nicht mehr miteinander zurecht», sagte sie, legte den Spiegel zurück und wandte sich wieder ihm zu. «Es wird unser Leben verändern, und doch ist es, als wäre nichts geschehen.»

«Es wird euer Leben nicht verändern», sagte er mit einem Hauch von Ungeduld. «Vielleicht eure Pläne, aber nicht euer Leben. Charlie ist, wenn ich ihn recht in Erinnerung habe – und das ist nur vage –, ein Sozialromantiker, verzehrt sich nach Liebe. Er hat das Gesicht eines hübschen Babys, oder nicht? Oder habe ich einen meiner Patienten vor Augen? Und Otto ist die Beherrschung in Person. Deshalb hat die Maschine aufgehört zu funktionieren.» Er zuckte die Achseln.

«Die Wahrheit ist –», begann sie und hielt inne. Er wartete. «Es war keine Maschine», sagte sie hastig. «Das ist eine scheußliche Interpretation dessen, was zwischen Menschen abläuft.»

«Was wolltest du gerade sagen?»

«Behauptest du, Mike, daß das, was zwischen ihnen abgelaufen ist, nur ein mechanisches Arrangement von Gegensätzen war?»

«Nein, das nicht. Auf die Worte kommt es ohnehin nicht an. Otto schien nicht bekümmert zu sein.»

«Wir gehen besser nach unten», sagte sie.

Inzwischen hatte er sich von ihr entfernt und stand jetzt beim Fenster und starrte auf den Boden. Als er den Kopf hob, sah sie, was er betrachtet hatte. Sie ging zu ihm hinüber. Beide blickten auf den Stein am Boden. Um ihn herum lagen ein paar Glasscherben. Mike las sie auf. Seine Hand war voll damit.

«Die Gardinen müssen das Geräusch gedämpft haben», sagte er. Sie schauten beide zur Straße hinunter; die Scheibe, durch die der Stein geflogen war, war auf der Höhe von Mikes Augenbrauen zerbrochen. «Es muß in der letzten Stunde passiert sein», sagte er. «Ich war vor einer Stunde oben, um für jemanden Aspirin zu holen, und ich bin hier stehengeblieben, warum, habe ich vergessen, aber ich weiß, daß der Stein nicht da lag.»

Jemand ging auf der Straße unten vorbei, ein kleiner Bernhardiner trottete neben ihm her. In den Häusern auf der anderen Seite brannte in allen Fenstern Licht. Motorhauben glänzten. Mike und Sophie sahen schweigend einem Mann zu, der den Inhalt seines Handschuhfachs untersuchte. Ein Zeitungswagen rumpelte vorüber.

«Sag Flo nichts davon. Ich werde es wegräumen. Wer kann das getan haben? Was soll ich tun?» Dann schüttelte er den Kopf. «Na ja, was soll's?» Er lächelte sie an und tätschelte ihr den Arm. «Sophie, möchtest du, daß ich dich zu einem Freund von mir schicke? Einem Freund, auf den ich große Stücke halte? Einen erstklassigen Mann? Angehöriger des Instituts?» Er hob den Stein auf, sah noch einmal aus dem Fenster.

«Danke, Mike, nein.»

«Aber geh wenigstens ins Krankenhaus», sagte er, ohne sie überhaupt anzusehen. Sie starrte ihn einen Augenblick lang an, verließ dann das Zimmer. Am Ende der Treppe wartete Otto auf sie, ein Glas in der Hand. Er streckte es ihr entgegen, als sie sich dem Treppenende näherte.

«Ginger-ale», sagte er.

3

«Ich habe Partys satt», sagte Otto im Taxi. «Sie langweilen mich so. Gerede über Filme langweilt mich. Ich mache mir nichts aus Fred Astaire, und er macht sich nichts aus mir, und aus Fellini mache ich mir erst recht nichts. Flo ist nur so eingebildet, weil sie Schauspieler kennt.»

«Warum hast du behauptet, du hättest *Death Takes a Holiday* nicht gesehen? Ich weiß, daß du ihn gesehen hast, weil wir ihn uns zusammen angeschaut haben. Und du warst ganz hingerissen von Evelyn Venable. Du hast wochenlang von ihr gesprochen ... dieser Körperbau, diese Flötenstimme, du hast gesagt, sie sehe aus, wie Emily Dickinson hätte aussehen sollen ... erinnerst du dich nicht?»

«Du lieber Himmel!»

«Und Fredric March, hast du gesagt, sei ein perfekter Ausdruck einer amerikanischen Idee vom Tod, ein verlebter Schnösel in einem schwarzen Cape.»

«Das hast du dir alles gemerkt?» fragte er verwundert.

«Du bist eingenickt, und alle wußten, daß du schläfst. Mike stupste mich an und sagte, ich solle dich nach Hause bringen.»

«Sie haben alle versucht, sich in bezug auf ihr Erinnerungsvermögen gegenseitig zu übertrumpfen. Das beweist nur, wie alt wir alle sind.»

«Man muß sich halt anstrengen.»

«Was hast du oben mit Mike gemacht?»

«Er hat wegen des Katzenbisses bei ein paar Ärzten angerufen.»

«Meint er, du solltest jemanden konsultieren?» fragte er beunruhigt.

Sie hielt ihre Hand hoch. «Schau, wie geschwollen sie ist!» sagte sie. Sie ließ ihre Finger spielen und stöhnte. «Wenn ich sie ins Wasser lege, geht die Schwellung vielleicht zurück.»

«Was hat der Arzt gesagt?»

«Es war keiner da. Weißt du nicht, daß man an keinen Arzt mehr herankommt? Weißt du nicht, daß dieses Land vor die Hunde geht?»

«Nur weil man am Freitagabend keinen Arzt erreicht, bedeutet das noch nicht, daß das Land vor die Hunde geht.»

«O doch. In ihrem Schlafzimmer lag ein Stein. Jemand hat einen Stein durch das Fenster geworfen. Es muß passiert sein, kurz bevor wir gekommen sind. Irgend jemand hat irgendwo einen Stein aufgehoben und durch das Fenster geworfen!» Während sie sprach, ergriff sie seinen Arm, und jetzt, als sie verstummte, packte sie ihn noch fester, so, als könne nur ihre Hand die Last ihrer Gedanken weitertragen.

«Es ist schrecklich», sagte er. Das Taxi stand mit laufendem Motor. Otto sah, daß sie zu Hause waren. Er bezahlte den Fahrer. Sophie, die plötzlich von der vagen, aber starken Überzeugung beseelt war, daß sie wisse, warum alles so falsch lief, rannte die Stufen hinauf. Aber sie mußte auf Otto warten; sie hatte keine Schlüssel. Er stieg langsam die Stufen empor, den Blick auf das Wechselgeld in seiner Hand geheftet. Sophies Energieschub, der so überraschend war, daß er bis an die Schmerzgrenze ging, war im Nu verflogen. Als sie den dunklen Flur betraten, läutete das Telefon.

«Wer...?» setzte er an. «Mitten in der Nacht», sagte sie, während Otto zum Telefon ging. Aber er rührte es nicht an. Es läutete noch dreimal, dann schob sich Sophie an ihm vorbei und griff nach dem Hörer. Otto ging in die Küche und öffnete den Kühlschrank, «Ja?» hörte er sie sagen. «Hallo, hallo, hallo?»

Niemand antwortete, aber es war ein leises Klopfen zu vernehmen, als hätte die Dunkelheit eine Stimme, die die Leitung entlanghämmerte. Dann hörte sie jemanden ausatmen.

«Irgendein Perverser», sagte sie laut. Otto hielt in einer Hand ein Stück Käse und gestikulierte mit der anderen in ihre Richtung. «Leg auf! Um Gottes willen, leg auf!»

«Ein Perverser», sagte sie in die Muschel. «Ein amerikanischer Idiot.» Otto stopfte sich den Käse in den Mund, dann riß er ihr den Hörer aus der Hand und knallte ihn auf die Gabel. «Ich weiß nicht, was mit dir los ist!» rief er.

«Du könntest fragen», sagte sie und begann zu weinen. «Diese Katze hat mich vergiftet.» Sie drehten sich zur Hintertür um.

«Mein Gott! Sie ist wieder da!» rief sie aus.

Ein grauer Schatten kauerte unten an der Tür, auf die Otto, mit den Händen wedelnd, zulief, und er rief: «Hau ab!» Die Katze hob langsam den Kopf und blinzelte. Sophie schauderte. «Morgen rufe ich den Tierschutzverein an», sagte Otto. Die Katze stand auf und streckte sich. Während sie erwartungsvoll zu ihnen aufblickte, sahen sie ihr weit geöffnetes Maul. «Das ist wirklich zuviel!» murmelte Otto. Er schaute sie vorwurfsvoll an.

«Wenn ich sie nicht füttere, wird sie es aufgeben», sagte sie milde.

«Wenn du zuläßt, daß sie ...» Er schaltete die Wohnzimmerlampe aus.

«Warum hast du das Telefon nicht abgenommen?» warf sie ihm zurück, während sie die Treppe hinaufgingen. «Du wirst allmählich so exzentrisch wie Tanya.»

«Tanya! Ich denke, Tanya hat ihr ganzes Leben am Telefon verbracht.»

«Sie ruft nur noch an, wenn sie gerade eine Liebesaffäre beendet hat.»

«Liebesaffäre», schnaubte er und folgte Sophie den Flur hinunter in ihr Schlafzimmer. «Tanya und Liebe!»

«Auf jeden Fall ruft sie Leute an.»

«Ich hasse Tanya.»

Sie standen sich neben dem Bett gegenüber. «Das hast du mir nie gesagt», sagte sie. «Ich habe dich niemals sagen hören, daß du irgend jemanden haßt.»

«Mir ist es gerade klar geworden.»

«Und was ist mit Claire?»

«Claire ist in Ordnung. Warum kümmert es dich, was ich von Tanya halte? Du magst sie selber nicht. Du siehst sie ja kaum.»

«Ich sehe fast niemanden.»

«Warum drehst du es so hin, als sei das meine Schuld?»

«Du hast mir nicht erklärt, warum du das Telefon nicht abgenommen hast», sagte sie anklagend.

«Weil ich am Telefon nie etwas höre, was ich noch hören möchte.»

Sie standen beide steif da, und jeder sammelte halbbewußt Material gegen den anderen, Beschuldigungen, die als Gegengewicht zu der Verzweiflung galten, die keiner von ihnen ermessen konnte. Dann fragte er sie direkt, warum sie so wütend war. Sie sagte, sie sei überhaupt nicht wütend; es sei nur so ärgerlich, daß er sich über das Telefon ausließ, so dumm herumstand, als es läutete, und sie dann zwang, es selbst abzuheben.

«Gehen wir schlafen», sagte er müde.

Sie warf ihm einen ironischen Blick zu, den er ignorierte. Sie fragte sich ernsthaft, was geschehen würde, wenn sie ihm sagte, daß der Anruf, dieses unheimliche

Atmen, ihr Angst gemacht hatte. Er hätte gesagt: «Sei nicht albern!» folgerte sie. «Hör auf, mir zu sagen, ich sei albern», wollte sie schreien.

Er hängte seinen Anzug auf. Sie beobachtete, wie er die Hose glattstrich. «Du solltest die Unterwäsche, die du trägst, wegwerfen», sagte sie. «Sie löst sich bald in ihre Bestandteile auf.»

«Ich mag es, wenn sie durch langes Tragen so weich wird.»

Er klang etwas verzagt. Es stimmte sie milder gegen ihn. Es lag irgend etwas Komisches in den privaten kleinen Vorlieben und Genüssen der Leute, etwas Geheimnisvolles, etwas Kindisches und Dummes. Sie lachte ihn und seine weiche alte Unterwäsche an. Er sah an sich hinunter, dann blickte er, während er die Shorts abstreifte, sie an. Seine Miene war selbstzufrieden. Soll er mit sich zufrieden sein, dachte sie. Wenigstens hatten sie einen sinnlosen Streit vermieden. Sie fragte sich, ob Tanya jemals versucht hatte, Otto zu verführen. Dann erinnerte sie sich an Tanyas einzigen Besuch in Flynders. Otto war schockiert gewesen, wirklich moralisch entrüstet, als er zufällig festgestellt hatte, daß Tanya jede Schublade einer riesigen Kommode für die paar Gegenstände benutzt hatte, die sie für das Wochenende mitgebracht hatte. «Mein Gott! In einer Schublade hat sie ein Kopftuch, in einer anderen ein Paar Strümpfe, in wieder einer anderen einen Gürtel. Was ist das bloß für eine Frau, die sämtliche Schubladen in der Kommode benutzt, nur weil sie nun einmal da sind?» hatte er Sophie empört gefragt.

«Tanya *ist* ziemlich schrecklich», sagte Sophie, als Otto neben ihr ins Bett stieg. «Ich wette, sie ist schrecklich im Bett. Ich wette, sie kann kaum lang genug den Blick von sich abwenden, um nachzusehen, mit wem sie im Bett ist.»

«Leg dich schlafen», bat er. «Du weckst mich sonst noch auf.»

Sie fügte sich klaglos. Sie war ihm jetzt nicht mehr böse, und es schien egal zu sein, warum sie es gewesen war. Sie untersuchte ihre Hand und beschloß, sie ins Wasser zu legen. Sie tat wirklich weh.

Als Sophie aufwachte, war es drei Uhr morgens. Ihre Hand, unter ihr zusammengekrümmt, war wie ein fremder Gegenstand, der sich irgendwie an ihren Körper geheftet hatte, etwas, was sich an sie geklammert hatte. Sie lag einen Augenblick da, dachte an die Katze, wie überrascht sie gewesen war, sie wiederzusehen, als sie und Otto nach Hause gekommen waren. Sie sah so gewöhnlich aus, nur eine streunende Stadtkatze. Was hatte sie erwartet? Daß sie wegen der Attacke auf sie verstört sein würde? Daß sie beabsichtigte, die Tür einzuschlagen, sich den Weg ins Haus freizukämpfen und sie dann beide aufzufressen? Sie stand auf und ging ins Badezimmer. Die Schwellung, die zuvor durch langes Einweichen in heißes Wasser zurückgegangen war, war wieder da. Sie füllte das Becken und tauchte ihre Hand hinein. Dann sah sie ihr Gesicht im Spiegel über dem Waschbecken an – sie wollte nicht sehen, was sie tat – und begann, die Finger der anderen Hand gegen die geschwollene Stelle zu pressen. Als sie hinunterblickte, war das Wasser trüb. Sie ließ ihre Finger spielen und machte dann eine Faust.

Als sie wieder ins Bett ging, warf sie sich beinahe gegen Ottos Rücken. Er stöhnte.

«Meiner Hand geht es schlechter», flüsterte sie. Er setzte sich sofort auf.

«Wir werden gleich morgen früh Noel anrufen», sagte er. «Notfalls fahren wir hinauf nach Pelham und schleppen ihn in seine Praxis. Du mußt das untersuchen lassen.»

«Wenn es nicht besser wird.»

«Auf jeden Fall.» Otto fiel in die Kissen zurück. «Wieviel Uhr ist es?» Gelegentlich hatte er das Gefühl, daß er nicht die ganze Nacht durchschlafen könne, weil er verheiratet war. Sophie schien an nächtlichen Unterhaltungen besonderen Spaß zu haben.

«Drei. Hast du bemerkt, wie Mike junior sich benahm? Wie er aussah? Hast du dieses ungarische Band um seine Stirn gesehen, dieses Band im Ethnolook, oder was immer das ist?»

«Erinnere mich bloß nicht daran», sagte er spitz. «Kein Wort davon. Es macht mich nur wütend. Warte mal ab, bis er versucht, einen Job zu bekommen.»

«Er wird niemals einen Job bekommen. Mike wird ihm schon unter die Arme greifen. Und seine Haare! Die ganze Zeit, während ich mich mit ihm unterhielt, hat er damit herumgespielt. Faltete sie zusammen, flocht sie in Zöpfchen, strich sie glatt, zupfte daran.»

«Worüber hast du dich mit ihm unterhalten?»

«Dummes Zeug, Blödsinn.»

«Sie sind nicht alle so übel», sagte Otto.

«Wasserbabys. Sie kommen aus dem Wasserhahn, nicht aus Menschen.»

«Sie wollen Neger sein», sagte Otto gähnend.

«Ich wüßte gern, was sie vorhaben», sagte sie und erinnerte sich plötzlich daran, daß sie Mikes Vater gesagt hatte, sie wolle Jüdin sein.

«Sie haben beschlossen, Kinder zu bleiben», sagte er verschlafen, «und wissen nicht, daß niemand diese Option hat.»

Was war ein Kind? Und woher sollte sie es wissen? Wo war das Kind, das sie gewesen war? Wer konnte ihr sagen, wie sie gewesen war? Sie hatte ein Foto von sich als Vierjährige, auf einem Korbschaukelstuhl sitzend, einem Kinderstuhl, die Beine ausgestreckt, in weißen Baumwollhöschen, und mit irgend jemandes Panamahut, der viel zu groß für sie war. Wer hatte alle diese Dinge arrangiert? Panamahut, Korbstuhl, weißes Baumwollhöschen? Wer hatte das Foto aufgenommen? Es war schon am Vergilben. Was hatte Mike junior, ungepflegt, geheimnisvoll, scheinbar gleichgültig, der diese priesterliche Sprache sprach, die sie beleidigte und zugleich ausschloß, mit ihrer Kindheit zu tun? Mit irgendeiner Kindheit?

«Otto?» Aber er schlief. Ein Auto fuhr vorüber. Eine leichte Brise kam durch das offene Fenster und wehte Hundegebell herein. Dann hörte sie ein Klopfen, eine Faust gegen Holz. Sie ging zum Fenster und schaute über den Sims hinunter, der die Treppe und jeden, der dort stand, verdeckte.

Sie hörte eine Art Ächzen, dann mehrere Stakkato-Klopfgeräusche, dann ein Flüstern. Hatte sich ihre Kopfhaut wirklich bewegt? Sie blickte sich um und sah auf das Bett. Dann ging sie in den Flur und die Treppe hinunter und hielt dabei ihre Hand steif gegen die weichen Falten ihres Nachthemds.

Vor der Eingangstür blieb sie stehen, versteckt von den Vorhängen, die die Glaseinsätze bedeckten, und lauschte und spähte. Jenseits der Tür schwankte ein großer Körper hin und her, und ein großer Kopf wandte sich zuerst zur Tür, dann wieder ab.

«Otto ...», seufzte traurig eine Stimme.

Sophie sperrte die Tür auf. Charlie Russel stand dort, ein Revers nach oben geklappt.

«Charlie!»

«Pst!»

Er trat in den Eingang, und sie schloß die Tür. Dann standen sich dicht beieinander wie zwei Leute, die sich umarmen wollen. Sie fühlte, daß sein ganzes Gesicht sie wie ein riesiges Auge beobachtete. «Ich muß mit Otto reden», flüsterte er mit Nachdruck.

«Er schläft.»

«Ich bin in einer schrecklichen Verfassung. Ich muß ihn sehen.»

«Jetzt? Bist du verrückt?»

«Weil ich ihn nicht eine Sekunde früher sehen konnte. Weil ich so lange gebraucht habe, von heute morgen, als ich ihn zum letzten Mal gesehen habe, um zu dem Punkt zu kommen, an dem ich jetzt bin. Es ist mir egal, wieviel Uhr es ist.» Er streckte die Hände aus und packte ihre Arme.

«Ich wecke ihn nicht auf», sagte sie wütend.

«Dann tu ich's.»

«Du tust meiner Hand weh. Mich hat eine Katze gebissen.»

«Ich fühle mich wie erschlagen», sagte Charlie, ließ sie plötzlich los und lehnte sich gegen die Wand. «Hör zu. Gehen wir irgendwohin und trinken eine Tasse Kaffee. Wenn ich jetzt darüber nachdenke, möchte ich diesen Scheißkerl gar nicht sehen.»

«Weiß Ruth, wo du bist?»

«Welche Ruth?»

«Du machst Witze», sagte sie. «Ich mag keine Ehefrauen-Witze. Sie bringen mich auf die Palme. *Mir* brauchst du keine Ehefrauen-Witze zu erzählen.»

Er beugte sich herab und schielte ihr ins Gesicht. «Du klingst verrückt.»

«Ich bin verrückt,» sagte sie.

«Möchtest du? Eine Tasse Kaffee?»

«Ja.»

«Komm, wir reißen aus», sagte er und klatschte in die Hände.

«Ich muß mich anziehen. Bleib ganz ruhig. Ich bin

gleich wieder unten. Hier ist ein Stuhl. Rühr dich nicht.»

Sie zog sich leise an; nicht einmal die sorgfältig über dem Arm hochgekrempelten Blusenärmel gaben einen Laut von sich. Es war, als dächte sie an nichts anderes als daran, sich anzukleiden.

Otto lag quer über dem Bett, ein Knie schaute unter der Decke hervor. Sie bürstete sich rasch das Haar und steckte es auf, sie griff nach einer Geldbörse auf der Kommode, ließ sie dann dort liegen, schob ihre Hausschlüssel in die Tasche. Als sie ihre Schuhe aus dem Schrank holte und auf Zehenspitzen aus dem Zimmer ging, verspürte sie, einen schwindelerregenden Augenblick lang, eine unrechtmäßige Erregung.

4

Sie gingen schweigend, rasch, wie Verschwörer die Straße hinunter, sprachen nur, wenn sie um eine Ecke bogen, und steuerten auf das Zentrum von Brooklyn zu.

«Wo gehen wir hin?» fragte er. «Hat irgendwas offen?»

«Weiß ich nicht. Um diese Zeit bin ich noch nie hier gewesen. Bist du mit der U-Bahn gekommen?»

«Nein, ich habe ein Taxi genommen. Der Fahrer hat mich an der falschen Ecke abgesetzt, aber ich war zu müde, um mich mit ihm herumzustreiten. So bin ich zu Fuß zu euch gegangen.»

«Hast du Ruth gesagt, daß du zu uns wolltest?»

«Nein. Ich war im Kino. Ein Mann, der neben mir saß, sagte mir, ich würde Selbstgespräche führen. Ich bat ihn, mich dann nicht zu unterbrechen, und er sagte, ich würde ihm seinen einzigen freien Abend versauen. Da bin ich gegangen, habe ein Taxi genommen und bin zu einer Bickford-Filiale gefahren, die voll war von Leuten, die Selbstgespräche führten. Mein Gott! Schau nur, alle Gehsteige voller Papier.»

«Bitte, komm mir bloß nicht mit dem Müll!»

Sie waren bei einer Kreuzung angelangt. Von Westen her fuhr mit lautem Geknall und Geklapper ein Bus auf sie zu. Er fuhr bei Rot durch. Der Fahrer saß nach vorn gekrümmt da, die Arme um das Lenkrad gelegt; seine Hände hingen herab wie Hände aus Papier. Es gab nur einen Fahrgast, eine alte Frau mit blendend weißem Haar. Sie sah zugleich erhaben und geistlos aus.

«Worüber denkt sie nach?» fragte Sophie.

«Über nichts. Sie schläft.»

Die Ampel sprang um und nochmals um. Um sie herum raschelten ausrangiertes Verpackungsmaterial und Zeitungen. Einen Block weiter hingen ein paar Gestalten vor dem Fenster einer Imbißbude herum. Als sie darauf zugingen, konnte Sophie im Inneren zwei Männer sehen, die sich flink bewegten, dickwandige weiße Tassen abspülten und einen Grill schrubbten. Die Leute draußen standen einfach da und schauten zu. Auf der anderen Seite der Straße, in der Nähe eines U-Bahn-Ausgangs, starrte ein kleiner, dicker, dunkelhäutiger Mann mit einem winzigen schwarzen Hut auf ein Gullygitter. Er war von der betäubten Unbeweglichkeit eines Heimatlosen, der bis zu jenem Punkt gelangt war, zu dem er ohne weitere Anweisungen gelangen konnte.

«Sie werden gleich schließen», sagte Charlie.

Sophies anfängliches Hochgefühl war verflogen. Sie war beunruhigt. Der ganze linke Arm tat ihr weh. Ihre Erregung über den Gegensatz zwischen ihrer früheren unspektakulären Freundschaft mit Charlie, wie es sich für die Ehefrau des Geschäftspartners ziemt – keine Fragen, keine Antworten –, und ihrer jetzigen Unternehmung, und der Gedanke an den schlafenden, nichtsahnenden Otto, der ihrer Flucht von zu Hause so großen Schwung verliehen hatte, waren von ihr abgefallen. Jetzt erinnerte es an die zähflüssige Unterhaltung unter Gästen zu später Stunde, wenn nichts mehr zu sagen ist, nichts als Asche im Kamin, Geschirr im Spülbecken, ein Frösteln im Zimmer, eine Rückkehr zur normalen Entfremdung.

«Vielleicht sollten wir es lieber aufgeben», sagte sie.

«Nein! Irgendwo muß doch ein Hotel geöffnet haben. Komm weiter ..., wir versuchen es in den Heights.»

«Dein Revers ist umgeklappt», sagte sie und blickte wieder zu ihm hinauf, vielleicht in der Hoffnung, ihn mit einer schlichten hausfraulichen Bemerkung zur Umkehr zu bewegen. Er schien sie nicht gehört zu haben. Er sah ängstlich aus. Er packte sie am Arm und murmelte: «Komm jetzt weiter ...»

Charlie war ein korpulenter Mann, grobknochig und kräftig, aber trotzdem so gelenkig, als befände sich in der Mitte seines Körpers ein Gyroskop. Sein Gang hatte ihr immer gefallen, wie er so schief und lässig einen Fuß vor den anderen setzte, ein schöner, schwingender Gang. Er roch gut. Jetzt aber trottete er bloß, wie sie sah, wie sie fühlte (er ging so dicht neben ihr). Und er roch abgestanden, wie abgestandener Schnaps und abgestandener Schweiß.

«Nachdem ich bei Bickford war, bin ich in eine Bar gegangen», sagte er. «Und wurde in einen Streit hineingezogen.» Sophie stolperte, und er ließ sofort ihren Arm los, als habe sie mit ihrem Stolpern das Recht auf seine Unterstützung verwirkt. Sie überquerten die Livingston und gingen in Richtung Adams Street weiter. «Ein Mann stand neben dem Hocker, auf dem ich saß», fuhr er fort. «Auf dem Hocker vor ihm saß eine Nutte, und er schnitt gewaltig auf, erzählte ihr was von einem Boot. Sie lächelte auf damenhafte Art, straffte aber den Rücken, um ihren Busen besser zur Geltung zu bringen. Er sagte, er habe gerade eine neun Meter lange Schlup gekauft und werde sie ‹Nigger› taufen. Den Namen des Bootes werde er in schwarzen gotischen Lettern draufmalen und es dann direkt im Hafen vertäuen, dort, wo alle diese reichen Farbigen den Sommer verbringen. Andererseits, sagte er, denke er daran, das Boot ‹Nigger-Päderast› zu nennen und damit in der Great South Bay, nahe Fire Island, herumzuschippern. Da stellte ich mich also ihm und der Dame vor – sie trank Ryewhisky und Ginger-ale mit einem Strohhalm – und sagte, ich hätte einen besseren Vorschlag für den Namen seines Bootes. Er sagte mir, ich solle abhauen, und ich sagte ihm, er solle es ‹Amerikanisches Arschloch› nennen. Sie meinte, das sei ein reizender Name, und lachte so sehr, daß sie auf die Theke fiel, aber er drehte sich um und wollte mich erschlagen. Ich verdrehte ihm den Arm hinter seinem fetten Rücken, und dann wurde ich offiziell aufgefordert, das Lokal zu verlassen.»

Sie kamen zur Adams Street. Weit vor sich sah Sophie den Bogen der Brücke über den East River. Rundum standen Amtsgebäude mit dem seltsam bedrohlichen Aussehen von großen fleischfressenden Säugetieren, die nur für einen Augenblick eingeschlafen waren.

«Da ist das Familiengericht», sagte Charlie und deutete die Straße hinauf. «Dein Mann würde dort keinen Fuß hineinsetzen. Zu niederes Volk. Die Hälfte meiner Mandantinnen verbringt den größten Teil ihrer Zeit in diesen nach Urin stinkenden Räumen, sitzt auf kaputten Klappstühlen und versucht, pro Woche sieben zusätzliche Dollar aus irgendeinem armen farbigen Teufel für ihre zehn Kinder herauszuholen, die er verlassen hat, weil der Lebensunterhalt für sie das Budget auffrißt, das er fürs Trinken braucht, und ohne das würde er seine gleichermaßen erbärmlich lebenden Nachbarn mit einem Beil zerhacken. *Warte nur ab*!»

«Was meinst du?»

«Ach, ... nicht du. Ich habe nicht dich gemeint, Sophie. Ich weiß nicht, was ich gemeint habe.»

Aber sie glaubte, er wisse es. Er verstellte sich – auf seine Weise.

«Weißt du, Otto und ich waren zusammen auf der Columbia University. Wir waren sogar zusammen in der Armee. Den größten Teil des Lebens sind wir zusammen gewesen. Weißt du, was er heute morgen zu mir gesagt hat, als ich wegging? Er sagte: ‹Viel Glück, Kumpel!› Und dann erbrach er dieses gräßliche kleine Kichern, das er in den letzten zehn Jahren perfektioniert hat. Ich wandte mich ab, und er drückte auf einen Knopf, und seine Sekretärin kam herein, um ein Diktat aufzunehmen. Da stand ich und fühlte mich wie damals als Achtjähriger, an meinem ersten Tag im Lager, als ich in die Hosen gemacht hatte, weil irgendein kleiner, naturliebender Sadist mir eine Schlange um den Hals gelegt hatte.»

Er machte eine Pause und sah an ihr herunter. «Hast du gesagt, daß dich eine Katze gebissen hat?»

«Wir gehen am besten hier rüber. Ja. Habe ich gesagt.»

«Ich wußte gar nicht, daß ihr eine Katze habt. Was für eine ist es? Eines von diesen orientalischen Rasseviechern, die 700 Dollar kosten?»

«Du hörst dich an wie ein Korkenzieher», sagte sie.

«Was ist das Ding da drüben?»

«Eine neue Kooperative, die sie aufbauen.»

«Also, was ist mit dieser Katze?»

«Sie streunte herum, und ich beschloß, sie zu füttern. Und sie hat mich gebissen, stand auf den Hinterbeinen und fiel auf mich drauf. Ich bekomme noch jetzt eine Gänsehaut, wenn ich bloß dran denke.»

«Bist du beim Arzt gewesen?»

«Nein.»

«Du bist verrückt, Sophie. Wann hast du zum letzten Mal eine Tetanusspritze bekommen?»

«Das ist noch nicht so lange her. Ich habe mir letzten Sommer einen Spreißel in den Fuß gezogen, und da hat man mir eine gegeben.»

«Aber darum geht es weniger. Die andere Sache ...»

«Nicht der Rede wert. Die Katze war gesund.»

«Tollwut kann bis zu fünf Jahre Inkubationszeit haben.»

«DIE KATZE WAR NICHT KRANK!» schrie sie. «Hier!» und sie hielt die Hand hoch. «Es ist nur ein Biß, nur ein Biß!»

«Otto sollte sie fangen und zu einem Tierarzt bringen. Die können so was feststellen», sagte er beschwichtigend. «Jetzt beruhige dich wieder.»

«Vor Schmerzen habe ich mehr Angst als vor dem Sterben», sagte Sophie. «Ich werde nicht einmal zulassen, daß man mir Schmerzmittel gibt, weil ich Angst habe, daß die Schmerzen letztlich die Oberhand über sie gewinnen werden. Und dann würde es nichts anderes mehr geben als Schmerzen.»

Er lachte, und sie fand ihn grausam. Dann lachte sie auch. Ein Polizist trat aus dem dunklen Eingang eines Postamts und ging langsam auf sie zu. Charlie legte seinen Arm um sie, und sie überquerten die breite Straße und gingen eine Gasse hinauf. «Warum komme ich mir wie ein Schwindler vor?» murmelte er.

«Was für einen Sinn hat ein Treffen mit Otto?» fragte sie ihn plötzlich. «Es hat keinen Sinn, oder?»

«Er soll anerkennen, daß etwas Wichtiges passiert ist. Weißt du, daß dann, wenn die Leute sich langsam und unwiderruflich verändern und alles abstirbt, der einzige Weg zu ihrer Heilung aus einer Bombe durchs Fenster besteht? Ich kann nicht so leben, als hätte sich nichts verändert.»

«Du bist derjenige, der gegangen ist», sagte sie. «Er weiß nicht einmal, daß du solche Gefühle hegst.»

«Nein, weiß er nicht. Das ist sein moralisches Versagen.»

Sein Gesicht *war* das eines hübschen Babys, dachte sie, genau, wie Mike Holstein gesagt hatte. Einmal, als sie ihn für einen kurzen Augenblick sozusagen im Ganzen sah, im letzten Sommer draußen im Boot an einem unbeschwerten, strahlenden Tag, die blauen Augen weit geöffnet, während er den Mast hinauf zum Verklicker sah, mit sommersonnengebleichtem Haar, mit geschürztem Mund und knolliger Nase, da hatte er sie an einen Renaissance-Putto erinnert.

«Schau, da ist was offen», sagte sie. «Was verstehst du unter moralischem Versagen? Er ist wie die meisten Menschen.»

«Ich interessiere mich nicht für die meisten Menschen.»

«Ich dachte, das sei gerade deine größte Sorge: die meisten Menschen.»

«Feilsch nicht mit mir herum», sagte er und drückte die Tür auf. Er schob sie eilig hinein. «Mein Gott, ist mir kalt», sagte er.

Auf die Tapete mit Ziegelsteinmuster warfen ein paar schummrige Lampen einen orangefarbenen Schein. Irgendwo in der Düsterkeit spielte leise ein Radio, in dem es hin und wieder krachte. Der Barkeeper, eine Hand auf der Theke, die andere auf einem Brett gegenüber, stand breitbeinig über seiner schmalen Arena und schob den Kopf vor, um den stummen Bildschirm eines kleinen Fernsehgeräts zu betrachten, das von der Decke herabhing.

«Ist das Alice Faye?» fragte Sophie.

Der Barkeeper drehte sich um und sah sie an. Er lächelte. «Die gute alte Alice», sagte er.

Sie gingen in eine Nische, aber niemand kam, um sie zu bedienen. Charlie sagte, daß er am liebsten ein Dreiminuten-Ei mit etwas Butter darin und eine Tasse starken schwarzen Kaffee hätte. Das ist ein Wunsch für den Morgen, dachte Sophie. Er ging zur Theke und holte zwei Flaschen dänisches Bier.

Während er sich hinsetzte, räusperte sich ein Mann in der Nische nebenan heftig. Dann sagte er: «Aufrichtigkeit geht mir über alles. Offen gesagt, *ich* hätte Hitler nicht angelogen.»

Man hörte so etwas wie raunende weibliche Zustimmung. Sophie schielte über die Rückseite ihrer Nische hinweg und sah eine Frau, die den Kopf auf eine Hand stützte, als habe er sich von ihrem Hals gelöst.

«Woher weißt du, was Otto empfindet? Was soll er deiner Meinung nach tun? Du und er, ihr habt jahrelang gekämpft, stimmt's? Wie lächelnde Menschen in einem Swimmingpool, die sich unter Wasser gegenseitig Tritte versetzen.»

«Meinungen zählen letzten Endes nicht», sagte er entmutigt. «Zuneigung ... Treue. Ich habe Otto immer gemocht. Heute hat er sich mir gegenüber verhalten, als wäre ich der Junge, der die Sandwiches und den Kaffee ins Büro bringt.» Er rieb sich heftig die Augen und blinzelte sie dann an. «Er hat sich in einer Kiste eingeschlossen», sagte er. «Squire Bentwood ... mußte seine Frau begraben ... tot, weißt du.»

«Ich bin seine Frau», sagte sie, «und nicht begraben.»

«Wenn sein ältester Freund sich mit schwarzen Pächtern und anderen unerwünschten Elementen einläßt, weigert er sich, auch nur hinzusehen. Und wenn sein ältester Freund seinen Platz räumt, läßt er unpassenden Gefühlen keinen freien Lauf. Er hat keine unpassenden Gefühle.»

«Du bist ein Grobian», sagte sie und staunte über ihre eigenen Worte. Sie hatte sich gar nichts dabei gedacht; sie hatte nur zugehört, und plötzlich hatte sie das gesagt. «Grobian», wiederholte sie. Er war zurückgewichen; sein Unterkiefer hing herunter. Was sie gehört hatte, war ihr eigener Protest gegen Otto, aber warum hatte er auf Charlies Lippen diesen besonderen Klang von Unwahrheit, die sich hinter tugendhaften Meinungen so widerwärtig versteckt und nur die eigene Eitelkeit verrät? Und sie *wollte,* daß er ihr sagte, Otto sei kalt, verschlossen; ihr Wunsch nach dieser Bestätigung war wie ein geweckter und unersättlicher Appetit. Ja, sie hatte ihn Grobian genannt.

«Du weißt nicht, was los ist», sagte er endlich. «Du bist außerhalb der Welt ... im Privatleben verfangen. Du wirst das nicht überleben ..., was jetzt geschieht. Leute wie du ... stur und dumm und durch Selbstbeobachtung in Eintönigkeit versklavt, während ihnen die Grundlagen ihrer Privilegien unter dem Hintern weggezogen werden.» Er sah ruhig aus. Er hatte sich revanchiert.

«Ich dachte, genau davon redest du, nämlich vom Privatleben?»

«Ja. Aber damit meine ich etwas ganz anderes als du.»

«Ich habe doch gar nichts über das Privatleben gesagt», protestierte sie. «Du weißt nicht, was ich über irgend etwas denke.» O doch, er weiß es, dachte sie. Sie hatte ihn mit diesem Wort getroffen. Er dachte, das konnte sie von seinem Gesicht ablesen – er versuchte, ernst auszusehen –, über «Grobian» nach.

«Tja, vielleicht bist du nur unschuldig», meinte sie.

«Unschuldig!» rief er. Sie lachte übertrieben. Er sah erleichtert aus. «Das ist die Wahrheit. Ich wußte nichts über Lanzelot und Ginover, bis ich dreiundzwanzig war.»

«So habe ich das nicht gemeint», sagte sie. Sie umspannte die kalte Bierflasche mit der linken Hand. Schmerz loderte auf. Er sah, wie sie zusammenzuckte.

«Ich bringe dich ins Krankenhaus. Gleich über der Brücke ist ein gutes.»

«Noch nicht», sagte sie in entschlossenem Ton.

«Warum nicht, Sophie? Es ist doch ganz einfach.»

«Ich will nicht», sagte sie. «Ich renne doch nicht wegen einer so dummen Sache ins Krankenhaus.»

«Dumm ist es, das nicht zu tun. Du hast Angst vor diesen Spritzen, oder? Warum gestehst du es dir nicht ein?»

«Als ich vorhin ‹unschuldig› sagte, habe ich das nicht in sexueller Hinsicht gemeint», sagte sie spitz. «Es gibt andere Arten von Unschuld.»

«Ruth würde dir da nicht beipflichten», sagte er. «Sie redet über nichts anderes als über die ‹neue Befreiung›. Sie hat mit Yoga angefangen und sich die Haare absäbeln lassen. Sie möchte unbedingt Haschisch auftreiben. Ich habe ihr gesagt, sie solle warten, bis sie es in der Kurzwarenabteilung von Bloomingdale kaufen kann. Im letzten Sommer hatte sie eine Offenbarung ... Sie hat mir davon erzählt, wie sie am Strand neben einem Mann stand, den sie nicht kannte. Die Sonne war im Zenit und der Ozean in einem blauen Hitzeschleier, und die Hitze brannte herab. Sie sah auf seinen Rücken – seinen ‹nackten Rücken›, sagt sie – und wollte ihn umarmen. Sie spricht über sexuelle Praktiken, sie spricht vom ‹Witz› der Pornographie. Sie wird wahnsinnig, die Arme, und treibt mich in den Wahnsinn. Aber hör zu. Das Merkwürdige ist, daß wir aufgehört haben, miteinander zu schlafen. Den ganzen Winter, einen kalten Winter lang.»

Sophie überrieselte ein Angstschauer. Sie wollte nichts darüber hören, nicht an Ruth denken, an ihr Flair sexueller Überfülle, daran, daß Ruth sie immer eingeschüchtert, ihr das Gefühl vager Unterdrückung vermittelt hatte. «In der letzten Zeit habe ich gar nicht mit ihr geredet», sagte sie verlegen.

«Ja, das weiß ich», entgegnete er bedeutungsschwer.

«Ich werde sie anrufen.»

«Nein. Sie weiß ja gar nicht, was los ist. Ich erzähle ihr nicht viel. Sie ist wie ein ausgeflippter Sherlock Holmes, der die letzte Spur verfolgt. Alles dreht sich um Sex, so morbid und so banal. Ich habe niemanden, mit dem ich reden kann.»

«Du redest gerade mit mir.»

«Stimmt.»

Das Paar aus der Nachbarnische ging an ihnen vorüber, die Frau weinte leise. Der Mann war dick und weiß. Sie war schwarz. Ihre Augen waren halb geschlossen, ihr Mund nach unten verzogen. Plötzlich riß sie die Augen weit auf und sah Sophie unvermittelt an. «Ich bin von Dayton hierhergekommen, um festzustellen, ob ich leben kann oder nicht», sagte sie. «Halt den Mund», sagte der Mann im Plauderton. Sie gingen weiter und zur Tür hinaus.

«Du willst doch nicht sagen, daß eure Ehe am Ende ist, oder?»

«Nein!» sagte er wütend. «Nein ... Sie hat niemanden außer mir, und sie hat Angst vor dem Alter. Sie ist jetzt einfach nicht sie selbst. Aber sie wird zurückkommen, die dumme Kuh.»

«Die Kinder?»

«Ach, denen geht's gut. Linda weiß, daß die Dinge zwischen Ruth und mir schlecht stehen. Aber sie ist zu sehr mit dem Erwachsenwerden beschäftigt, um sich über irgend etwas anderes Sorgen zu machen. Sie hat so eine pampige Art, *yeah* zu sagen, die mich die Wände hochtreibt. Möchtest du noch ein Bier? Worüber denkst du nach? Es ist komisch hier, nicht? Du und ich? Bier trinken und unsere Lieben daheim betrügen.»

«Ich betrüge niemanden.»

«Wir sind immer Freunde gewesen, oder?» fragte er und ging über ihr Leugnen hinweg. «Es hat immer etwas zwischen uns gegeben, stimmt's? Schau nicht so verängstigt drein! Mein Gott ... Otto, Ruth, dieses Land mit seinen Todesstrahlen und Tiefkühlerbsen ... Ich bin gar nicht so anders als Otto. Auch ich wünsche mir die Vergangenheit zurück. Ich hasse Flugzeuge und Autos und Raumschiffe. Aber ich trau mich nicht ... ich trau mich nicht. Siehst du das nicht? Dieser Krieg! Bobby ist schon sechzehn. In ein paar Jahren kann er eingezogen werden. Schau dir den Schlamassel an!»

«Manchmal bin ich froh, daß ich keine Kinder habe», sagte sie.

Er schien sie nicht gehört zu haben. Er schlüpfte unter dem Tisch hinaus, ging zur Theke und kehrte mit zwei neuen Flaschen Bier zurück.

«Ich hatte zwei Fehlgeburten», sagte sie.

«Das weiß ich», sagte er und klang griesgrämig.

«Meine Gebärmutter ist anscheinend wie ein Flipperautomat.»

«Warum habt ihr kein Kind adoptiert?»

«Wir haben es immer wieder aufgeschoben und jetzt – jetzt sind wir so ein etabliertes kinderloses Ehepaar.»

«Das macht nichts», sagte er. «Sie haben unser Glück als Geisel genommen. Ich liebe sie, aber sie erdrücken mich. Und es ist ein Geschäft wie alles heutzutage, das Kinder-haben-Geschäft, das linksliberale Geschäft, das Kultur-Geschäft, das Umsturz-der-alten-Werte-Geschäft, das militante Geschäft ... jede Anomalie wird eine Mode, ein Geschäft. Es gibt sogar ein Versagen-Geschäft.»

«Und dann gibt es noch dieses engagierte, aufopfernde Rechtsanwalt-Geschäft», sagte sie.

«Ich wollte nur wie Mr. Jarndyce sein, ganz ehrlich. Das ist die Art von Anwalt, die ich sein wollte», sagte Charlie und rieb sich wie wild die Kopfhaut an einer bestimmten Stelle, als würde jemand von innen dagegen hämmern. «Du kennst ... *Bleak House*. Da gibt es diese Szene, wenn Esther Summerson in der Kutsche weint, und der alte Jarndyce zaubert einen Rosinenkuchen und eine Torte aus seinem Mantel hervor und bietet ihr beides an, und als sie ablehnt, mein Gott, da wirft er einfach beide aus dem Fenster und sagt: ‹Schon wieder einer platt!› Das hat vielleicht Stil!» Er lachte los und rief: «Und warf sie aus dem Fenster!» und klappte in der Ecke der Nische zusammen, erstickte fast und winkte dem Barkeeper zu, der besorgt zu ihnen herüberstarrte.

«Ich glaube, ich habe die Tollwut», sagte sie.

«Nimm lieber einen Rosinenkuchen», antwortete er kichernd.

«Du bist derjenige, dem alles egal ist», sagte sie. «Ach, hör doch mit diesem blöden Gekicher auf!»

«Ich kümmere mich um alles», sagte er. «Auf meine verzweifelte Art. Was mich aufrechterhält, ist die Verzweiflung. Komm, wir wecken Otto auf. Ich möchte ihm etwas über Jarndyce erzählen.» Und er fing wieder an zu lachen. Dann wischte er sich mit dem Handrücken über das Gesicht und sah sie eindringlich an. «Bist du verzweifelt?» fragte er.

«Ich weiß es nicht. Ich denke, ich muß mich mit irgend etwas beschäftigen. Ich bin zu faul. Man hat mir einen Roman zum Übersetzen geschickt, und ich fand ihn schrecklich. Dann rief vor ein paar Tagen jemand an und wollte über einen Hafenarbeiter aus Marseille reden, der irgendwelche Gedichte geschrieben hat. Ich sagte, ich würde es mir überlegen, aber das habe ich dann doch nicht gemacht. Weißt du, daß mein Vater Halbfranzose war? Und Halbalkoholiker?»

«Und deine Mutter?»

«Waschechte Kalifornierin. Sie wohnt in San Francisco und zieht von Zeit zu Zeit Astrologen zu Rate. Das ist ihre einzige Macke.»

«Und sonst keine Familie?»

«Nein. Ein oder zwei Cousinen zweiten Grades in Oakland, Verwandte meiner Mutter, aber niemand, den ich auf der Straße wiedererkennen würde. Nach dem Tod meines Vaters habe ich sowieso das Interesse verloren. Jetzt stehe ich am Rand des Abgrunds, vor dem Aussterben. Nach mir hat mein Vater Schluß gemacht. Ein trauriger Gedanke. Wir hören einfach auf, unsere Familie ...»

«Auch niemand mehr in Frankreich?»

«Ich glaube nicht. Vielleicht. Er hat niemals irgend jemanden erwähnt. Ich weiß nicht einmal, wer seine Eltern waren, was sein Vater machte. Mein Vater war wie ein Waisenkind.»

Sie lächelte Charlie an und verstummte dann, von einer Sehnsucht gepackt, einer noch nie dagewesenen Sehnsucht, ihre Mutter wiederzusehen. Mein Gott ... Sie war beinahe siebzig, inzwischen sonnentrunken, weil sie dieses kalifornische Leben lebte, dachte sie. Es war Monate her, seit sie ihr das letzte Mal geschrieben hatte, aber schreiben war so schwierig. Wenn sie mit einem Blatt Schreibpapier konfrontiert war, gelang es ihr nur, es mit Banalitäten zu füllen. Ihrer Mutter zu schreiben gab ihr das Gefühl, daß sie, Sophie, überhaupt kein Leben hatte. Aber ihre Mutter war eine alte Frau. Auf jeden Fall sollte sie zumindest ihr Alter respektieren.

«Hast du deinen Vater gemocht?» fragte Charlie.

«Ich habe ihn geliebt. Als ich ungefähr zehn war, begriff ich, daß er fast die ganze Zeit betrunken war. Meine Mutter baute ihr ganzes soziales Leben um die Idee herum auf, daß er eine leichte Sprachbehinderung habe und daher gehemmt sei. Als er einmal betrunken im Wohnzimmer auf den Boden fiel, fuhr sie einfach für ein paar Tage zu einer ihrer Freundinnen nach Sausalito. Die Immobilienfirma, die ihnen gehörte, lief unter seinem Namen. Aber die Geschäfte führte sie. Er hat mir einmal erzählt, daß es sein einziger Wunsch gewesen war, Flöte zu spielen, für einen guten Dirigenten zu arbeiten und mit den anderen Musikern im Orchestergraben zu sitzen.»

«Warum hat er es dann nicht gemacht?»

«Ach, er war da nicht so sentimental. Er ist träge mit seinem Leben umgegangen, hat er mir gesagt. Damals habe ich nicht gewußt, was er damit sagen wollte. Ich habe vermutlich geglaubt, er würde vom Üben sprechen. Meine Mutter ist nicht faul. Sie ist eine Verkörperung irgendeines Prinzips der hirnlosen Energie. Sie hat einen abscheulichen kleinen Garten voll mit Pflanzen, die sie dem Boden abgerungen hat, und Zwergspalierobstbäumen, und sie hat mir geschrieben, daß sie jetzt mit Zierschnitten angefangen hat. Wahrscheinlich raucht sie immer noch zuviel, und als ich das letzte Mal mit ihr telefoniert habe, klang ihre Stimme noch laut und herzlich, und als ich sie das letzte Mal gesehen habe, war sie sommersprossig und sonnengebräunt, und ich nehme an, sie schiebt immer noch ihre Möbel so herum wie früher, als sie die Sessel mit aller Kraft ausklopfte, während mein Vater von der Tür aus zusah.» Sie lächelte. «Sie hatte immer alles im Griff», fuhr sie fort. «Bis auf ein Problem, das sie niemals in den Griff bekam: Es fiel ihr entsetzlich schwer, hallo zu sagen. Ich erinnere mich, daß sie, wenn Gäste kamen, in das Zimmer zurückwich, wie verrückt ihre Zigarette qualmte und wie eine in die Enge getriebene Ratte aussah, bis die Begrüßungen vorüber waren. Mit mir hat sie nie über meinen Vater gesprochen. Niemals.»

«Wie ist er gestorben?»

«Er hat sich mit einer italienischen Pistole erschossen, die er kurz vor ihrer Heirat in Rom gekauft hatte.»

«Seht ihr euch überhaupt noch?»

«Seit zehn Jahren nicht mehr. Ich glaube, demnächst muß ich mal hinfahren. Mein Vater hatte kleine, schöne

Füße, und er war sehr stolz darauf. Nach seinem Tod fand ich ungefähr zehn Paar Schuhe von ihm, die in der Ecke eines Schrankes verstaubten. Ich konnte im Leder den Abdruck seines Fußgewölbes sehen – es war sehr hoch. Es waren englische Schuhe, und es waren Maßanfertigungen, so wie Mike Holstein sich diese italienischen Schuhe machen läßt.»

«Wie geht es Mike? Ich mag ihn, soweit ich ihn überhaupt kenne.»

«Dort waren wir heute abend», sagte sie. «Gestern abend.»

Sie verspürte einen Anflug von Schwäche und schüttelte ganz leicht den Kopf. Er streckte ihr eine Hand entgegen. «Fühlst du dich nicht wohl?»

«Müde», sagte sie. «Es überkam mich nur gerade. Was wird Ruth denken, wenn sie aufwacht und feststellt, daß du nicht da bist?»

«Sie wird annehmen, daß ich an der Seite eines schönen blassen jungen Mädchens unterwegs bin, wo ich in meinem Alter auch sein sollte.»

«Ach was, das tut sie nicht. Wenn sie wirklich so denken würde, hätte sie andere Gefühle.»

«Derzeit hat sie überhaupt keine Gefühle.»

Der Barkeeper hatte den Fernseher lauter gestellt.

«Versuchen Sie es mit dem Helligkeitsregler», sagte ein Mann an der Theke. «Nein, versuchen Sie es mal mit der Vertikalen.»

«Ich mag die Oldies», sagte der Barkeeper. «Stellen Sie sich vor, nach all diesen Jahren Alice Faye wiederzusehen!»

«Du möchtest nach Hause, stimmt's?» Charlie beugte sich zu ihr. «Nur noch ein paar Minuten, okay?»

«Bald. Ich mache mir jetzt Sorgen. Wenn Otto aufwacht ...»

«Wird er es anregend finden», sagte Charlie. «Willst du ihn anrufen?»

«Er geht nicht gern ans Telefon, nicht einmal tagsüber. Und als wir von den Holsteins zurückkamen, wurden wir von einem Verrückten angerufen.» Sie sah ihn forschend an, beinahe überzeugt, daß nur er der Anrufer sein konnte; wahrscheinlich hatte er es stundenlang versucht und es am Ende, als sie abnahm, mit der Angst bekommen. Wie merkwürdig, wenn er, der so leidenschaftlich entschlossen war, Otto entgegenzutreten, schon dann die Sprache verlor, wenn jemand nur den Hörer abhob.

Er beugte sich immer noch vor, aber sein Nacken und seine Schultern sahen so angespannt aus, als sei er gezwungen, in einer vertraulichen Haltung zu verharren, lange nachdem der ursprüngliche Impuls verflogen war. «Erzähl mir eine Geschichte», sagte er. «Ich will noch nicht nach Hause.»

«Du wolltest Otto sehen», sagte sie. Erzählte sie ihm etwas, oder fragte sie ihn etwas? Die Nische war ein kleiner, kühler Raum. Ein Geruch nach Feuchtigkeit stieg von dem Plastiksitz empor. Irgendwo innerhalb dieses begrenzten Raums roch es leicht nach Mixed Pickles. Sie machte eine abrupte Bewegung und merkte, daß der Kunststoff an ihren Schenkeln festklebte. Der Barkeeper fummelte am Apparat herum. Nur zwei andere Personen saßen an der Theke, ältere Männer, weder betrunken noch nüchtern. Charlie beugte sich immer noch zu ihr; sie fing an, sich atemlos, in die Enge getrieben zu fühlen. Sie stellte sich vor, wie sie die Treppe hinaufschlich, die Kleider auszog, ihr Gesicht zwischen Ottos Schulterblätter legte und in einen süßen, häuslichen Schlaf wie in warmes Wasser eintauchte.

«Das warst doch nicht du, Charlie, der da angerufen hat, oder?»

Er seufzte und lehnte sich zurück. Er beantwortete die Frage nicht. «Ich möchte Otto sehen. Ich muß ihn sehen. So kommt er mir nicht davon ... Noch fünf Minuten, und dann gehen wir. Einverstanden? Erzähl mir mehr von dir.»

«Dann werde ich dir etwas über meine Liebesaffäre erzählen.»

«Ja», sagte er und nickte. «Darüber würde ich gern etwas hören.» Er lächelte großmütig. «Eine neuere Sache?» fragte er leichthin.

«Liegt ein paar Jahre zurück», sagte sie und erschrak über das, was sie angerichtet hatte. Er hatte eine leidende Miene aufgesetzt. Sie hatte einen Fehler gemacht. Sie hatte sich vorgestellt, daß ihre spontane Flucht von zu Hause, von Otto, sie von den Zwängen der Vorsicht und der Täuschung, von den Gewohnheiten des Lebens bei Tage mit ihrer stumpfen und eintönigen Vertrautheit befreit habe. Sie hatte dem Umstand vertraut und die Beteiligten übersehen. Er beobachtete sie. Sie wollte das, was sie gesagt hatte, zurücknehmen. «Ich erfinde etwas, um dich zu unterhalten», sagte sie. Er streckte seine Hand über den Tisch und nahm ihre Hand. «Das ist die verletzte!» schrie sie auf, und er ließ sie sofort los.

«Warum bist du so entsetzt?» rief sie.

«Bin ich nicht. Es ist doch ganz normal», sagte er. «Allerdings habe ich es für selbstverständlich gehalten, und letztlich für unwichtig.»

«Ich habe doch gesagt, daß ich es erfunden habe», sagte sie.

Er lachte. «Schon in Ordnung. Aber ich glaube dir jetzt nicht. Ich habe gesehen, wie dein Gesicht aussah, vor allem, als du ‹mein› gesagt hast. Du warst aufgeregt.»

«Mein Gott!» sagte sie und legte sich die Hand über die Augen. «Nun, es gibt keine Geschichte. Normal, wie du sagst.» Sie ließ die Hand fallen und fing an, sich den Mantel über die Schultern zu ziehen.

«Damals dachten Otto und ich an Trennung.»

«Wirklich?»

«Sonst wäre es nicht passiert.»

«Davon weiß ich nichts», stellte er sachlich fest.

«Ich möchte jetzt gehen. Meine Hand tut fürchterlich weh. Bring mich bitte zu einem Taxi.»

«Ich begleite dich bis nach Hause», sagte er.

Im Taxi redeten sie nicht miteinander. Aber er wandte sich oft zu ihr; sie spürte, wie er sie schweigend beobachtete, und sie hielt zur Strafe still der Macht ihres Wunsches stand, zu erklären, abzumildern und zu beschönigen.

Als sie ihren Schlüssel in das Türschloß steckte, hörte sie Charlie leise aus dem stehenden Taxi rufen, und als sie sich umwandte, sah sie ihn aus dem Fenster lehnen.

«Ich war es, der angerufen hat», sagte er, «wenn es dich beruhigt.» Dann kurbelte er das Fenster hoch, und das Taxi fuhr die Straße hinunter.

Sophie stand regungslos im Flur. Das Wohnzimmer wirkte verschwommen und öde. Gegenstände, deren Konturen sich im zunehmenden Licht verfestigten, strahlten eine vage, totemhafte Bedrohung aus. Es schien, als hätten Stühle, Tische und Lampen gerade erst ihre üblichen Positionen eingenommen. In der Luft hing ein Echo, ein besonderes Pulsieren wie von einer unterbrochenen Bewegung. Natürlich, es war die Stunde, das Licht, ihre Müdigkeit. Nur lebende Dinge richten Schaden an. Sie ließ sich plötzlich auf eine Shaker-Bank sinken. Vierzehn Spritzen in den Bauch. Vierzehn Tage. Und selbst dann gab es keine Garantie; du stirbst an Tollwut, du wirst ersticken. Was für ein Mitleid konnte sie erwarten? Wer würde sie bemitleiden angesichts ihrer kindischen Angst, ihrer Ausflucht und ihrer Heuchelei, daß nicht viel passiert sei? Das Leben war so lange weich gewesen, ohne Kanten und wie ein Schwamm, und jetzt gab es hier in seiner ganzen oberflächlichen Banalität und seinem unterschwelligen Grauen dieses idiotische Ereignis – ihr eigenes Werk –, diese würdelose Konfrontation mit der Sterblichkeit. Sie dachte an Otto und rannte die Treppe hinauf. Im Schlafzimmer lag Otto und schlief, Decken und Laken um die Mitte gewickelt und die Füße über den Bettrand gestreckt.

5

Sophie weichte ihre Hand ein. Das heiße Wasser tat weh, wirkte dann aber beruhigend. Als sie sich die Hand abtrocknete, fühlten sich ihre Finger freier an, als hätte sich das Gift des Bisses zurückgezogen, um sich auf die Wunde selbst zu konzentrieren. Sie rülpste leise, und mit dem Unbehagen, den der Gedanke, daß man ihr bei solch heimlichen, ungehemmten Manifestationen ihres körperlichen Seins zuhören könnte, üblicherweise auslöste, sah sie schnell durch die offene Badezimmertür auf den Flur hinaus.

Sie hatte Blähungen; es mußte am Bier liegen. Ihr Körper war nicht mehr der ihre, sondern hatte aus eigenem Antrieb in irgendeine Richtung abgehoben. In diesem letzten Jahr hatte sie entdeckt, daß seine Beschwerden, sobald sie interpretiert waren, immer die Einschränkung oder das Ende einer Freude bedeuteten. Sie konnte nicht mehr so essen und trinken wie früher. Unerbittlich wurde sie von Elementen gestört, die sowohl ungeheuerlich als auch lächerlich waren. Erst vor kurzem hatte sie begriffen, daß das Altsein lange dauert.

Sie zog ihren Slip aus und warf ihn in den Strohkorb, den sie für ihre persönliche Schmutzwäsche benutzte. Das unlackierte Stroh zerriß ihr die Strümpfe, aber sie wollte den Korb nicht durch etwas anderes ersetzen, sei es aus Trägheit, sei es aus Trotz gegen das praktische Denken. Sie streifte die übrigen Kleidungsstücke ab. Ihr Guerlain-Parfüm hatte sich in Alkohol verwandelt, aber sie tupfte sich trotzdem etwas davon auf ihren biergefüllten Bauch. Dann ging sie den Flur hinunter und in das Schlafzimmer, wo sie ihr Nachthemd am Boden sah, das sie dort liegengelassen hatte.

Charlie mußte jetzt fast zu Hause sein, auf diese einwohnerstarke, düstere Steinmasse aus den zwanziger Jahren zusteuern, in der er wohnte. Okay, dann hatte also er angerufen. Aber warum hatte er angerufen? Und dann geschwiegen? Oder hatte er gelogen? Versucht, ihr ein besseres Gefühl zu geben, indem er eine Sünde gegen eine andere Sünde tauschte. War das Charlie gewesen, der in das Telefon hineingeatmet hatte? Nur Wahnsinnige machten so etwas. Es würde ein grauer Tag werden; das aschgraue Licht im Zimmer wirkte bereits so irritierend wie ein zu lang ausgehaltener Ton. Sie blickte auf Otto hinunter.

Selbst im Schlaf sah er vernünftig aus, obwohl das übermäßig verdrehte Bettzeug nahelegte, daß die Vernunft – im Schlaf – ihren Preis gekostet hatte. Sie wollte ihn aufwecken, ihm sagen, daß er Charlie los war, einen Mann, der ständig damit beschäftigt war, seine Überlegenheit zu kultivieren, menschliche Gefühle zu entwickeln. Er wollte nicht so sehr, daß Otto sich am Ende ihrer Partnerschaft grämte, sondern vielmehr, daß er zugab, er, Charlie, sei ein Mensch, wie er sein sollte – aufopferungsvoller Leidender, der er war! Und jetzt war sie entsetzt bei dem Gedanken, daß sie ihm diese Information über sich ebenso leichtsinnig gegeben hatte, wie sie vielleicht einem Kind ein Spielzeug überreicht hätte.

Was noch schlimmer war, was sie weiter demütigte, war, daß sie ihren Liebhaber, Francis Early, mehr oder weniger so gesehen hatte, wie Charlie sich selbst sah.

Es war unmöglich, unter die Decke zu schlüpfen, ohne Otto aufzuwecken. Sie nahm einen schweren Mantel aus dem Schrank und zog ihn über sich. Dann begann sie, sich etwas über Francis zu erzählen. Sie hatte sich diese Geschichte oft erzählt, entspannte sich in den Schlaf hinein und ließ sich treiben, während sie die gespenstische Erinnerung an eine Person zusammenstückelte, an deren reale Existenz sie kaum noch glaubte.

6

Manchmal ging Ottos Interesse an einem Mandanten über den Anlaß hinaus, der sie zusammengeführt hatte. Sophie wußte nicht, welche besonderen Eigenschaften ihn ansprachen; er verspürte keine Neigung, seine eigenen Gefühle oder die anderer zu analysieren, und er verspürte auch keine Neigung, sich zu fragen, warum er jemanden mochte, oder darüber zu reden, für welche Art von Menschen er sie hielt. Wenn Sophie – mit zunehmend verärgerter Stimme – meinte, daß Soundso ihn amüsierte, weil er unberechenbar war oder naiv oder ein Experte auf irgendeinem obskuren Gebiet der Forschung (zum Beispiel der Entwicklung von Freizeitparks, der schwarzen Magie in New Orleans), nickte Otto zustimmend, wobei er die ganze Zeit seinen Finger auf dem Absatz festhielt, den er gerade in einem Buch oder einer Zeitung gelesen hatte. Der Mandant wurde zu einer kleinen Dinnerparty eingeladen, und gelegentlich ging Otto mit ihm Mittag essen oder ein Glas trinken; das war alles. Bei einigen zog sich die Sache in die Länge; sie waren keine engen Freunde, aber etwas mehr als Mandanten. Zu ihnen gehörte Francis Early, der von einem Verlag, für den er als Vertreter arbeitete, an Otto verwiesen worden war. Der Grund, warum er einen Anwalt aufsuchte, blieb mehrdeutig. Wäre das anders gewesen, hätte Otto, der alle Scheidungsprozesse verabscheute, seinen «Fall» wahrscheinlich abgelehnt. Francis bemühte sich nicht tatkräftig um die Lösung seiner Eheprobleme. Hauptsächlich schien er über sie reden zu wollen. Mrs. Early hatte sich mit ihren drei Kindern in Locust Valley, Long Island, verkrochen und weigerte sich, irgendwelche Anwaltsbriefe zu beantworten. Als Francis sie anrief, um sie um ihre Kooperation zu bitten – zumindest bei den Formalitäten, die für eine gesetzliche Trennung notwendig waren –, beschwerte sie sich, daß sie Schwierigkeiten mit dem Kohleofen habe; er habe ihr nicht die richtigen Anleitungen für den Nachtbetrieb gegeben, und für wann er den seit Jahren versprochenen Einbau der Ölheizung plane? Als Otto sie anrief, murmelte sie: «Scheren auch Sie sich zum Teufel!» und legte auf.

Francis hatte sie zuvor schon zweimal verlassen. Beim ersten Mal hätte es endgültig sein sollen, sagte er Otto, damals, als erst ein Kind da war. Schließlich ließ Otto jeden Anschein fallen, irgend etwas für einen der beiden tun zu können. Da Francis eine kleine Wohnung in der Nähe von Ottos Kanzlei hatte, gingen sie hin und wieder zusammen zum Mittagessen.

Francis hatte ein Büro, einst die erste Etage eines ansehnlichen Stadthauses, in der Einundsechzigsten Straße East, wo er unter einer Stuckdecke, die wie verschmutztes Baiser aussah, Bücher über Gartenbau, Wildblumen, Rosenzucht und Spalierobst publizierte, zusammen mit einer Taschenbuchreihe darüber, wie man eine Schmetterlings- oder Briefmarken-, Muschel- oder Oldtimer-Sammlung anlegte, wobei letztere, wie er sagte, ihm als beinahe ausschließliche Geldquelle diente, die es ihm ermöglichte, erstere herauszugeben.

Sophie hatte ihn an dem Abend kennengelernt, als sie und Otto sich die Aufführung des Französischen Nationaltheaters von *Andromache* ansahen. Sie fühlte sich auf besondere Art angeregt, was Otto mit einigem Recht der Tatsache zuschrieb, daß er einen Kopfhörer für die englische Übersetzung tragen mußte, während sie mit der

Autorität ihrer Zweisprachigkeit einfach nur dasitzen konnte. Aber großzügiger interpretiert lautete die Wahrheit, daß sie Racine, Jean-Louis Barrault und den unvergänglichen Glanz der Professionalität klassischer französischer Theateraufführungen liebte. Sie wußte auch, daß der Abend zumindest ein paar Tage lang eine heilsame Wirkung auf sie ausüben würde, diese ganze komprimierte Intensität, die auf ihre Verträumtheit, ihre nebulösen Sorgen prallte – Eigenschaften, die Otto, wenn sie ihn irritierte, Schläfrigkeit nannte.

Nach einem stillosen Dinner in einem französischen Restaurant stiegen sie drei Treppen hoch und trafen Francis, der sie schon erwartete, vor seiner Tür an. Er lächelte.

Er bot ihnen Cognac an, stellte Gläser in Reichweite, rückte Tische und Stühle zurecht und redete die ganze Zeit über freundlich und witzig über die anderen Mieter in seinem Haus und seine Junggesellenanstrengungen in bezug auf die Hausarbeit, und bevor er sich selbst setzte, legte er Sophie mit unbekümmerter Vertrautheit ein kleines Buch mit Scherenschnitten von wilden Blumen aus Neuengland auf den Schoß. Seine Stimme war dünn, ziemlich hoch und wurde hin und wieder auf fast komische Weise von einem Raucherhusten erschüttert, durch den er hindurch sprach, bis ihm die Luft ausging. Seine Beflissenheit war wie ein Kosewort; in ihr lag ein merkwürdiger Hauch von Frühreife, wie bei einem allzu gewissenhaften Kind.

Sophie betrachtete die verkohlten Kanten des Tisches, an dem er aß. Vermutlich legte er seine Zigaretten dort ab, während er sich auf dem dreiflammigen Herd ein Kotelett briet. Eine ungewaschene Bratpfanne balancierte auf dem Rand des Abtropfgestells. Auf den Tischen stapelten sich Bücher – er sagte, er würde Regale aufstellen, wenn er einmal die Zeit dazu hätte –, vor den beiden Fenstern, die zur Straße hinaus gingen, hingen verstaubte Jalousien, dann waren da noch eine Couch, ein paar Rohrstühle und an einer Wand der Druck eines Edvard-Munch-Holzschnitts. Die Tür zur gekachelten Zelle eines Badezimmers stand offen, und Sophie konnte auf dem Toilettenspülkasten fein säuberlich ausgebreitete Rasierutensilien sehen.

Otto erschien ihr an diesem Abend, an dem er auf leichte Art mit Francis herumblödelte, geradezu frivol. In ihrer offenkundig auf Gegenseitigkeit beruhenden Zuneigung lag etwas Geheimnisvolles. Aber ein Geheimnis braucht nicht kompliziert zu sein, dachte sie. Vielleicht war es irgend etwas Einfaches, was ihnen ein angenehmes Gefühl vermittelte, ohne sie mit Vertraulichkeit zu belasten. Otto hatte keine engen Freunde. Was die lange Verbindung mit Charlie Russel anbelangte, so hatte sich schon damals eine Art von Verdrossenheit zwischen ihnen breitgemacht. Otto hatte angefangen, über Charlie nachzudenken, und was er Sophie gesagt hatte, brachte eine zunehmende Verachtung zum Ausdruck, der er sich, wie sie glaubte, kaum bewußt gewesen war. Die Eigenschaften, die er früher an Russel bewundert hatte, rückten in den Brennpunkt seiner Mißbilligung. Was er einst als Charlies Wärme und Großzügigkeit beschrieben hatte, nannte er jetzt Impulsivität und Eitelkeit. Auf eine gewisse Weise hatte Otto, wie Sophie vermutete, sein eigenes Wesen dadurch definiert, daß er es mit dem seines alten Freundes kontrastierte. Sie waren ein gutes Gespann, hatte er immer geglaubt. Wo er dazu neigte, strikt zu sein, war Charlie flexibel; wo er nüchtern war, war Charlie phantasievoll. «Meine Güte, ständig bekleckert er sich beim Essen die Kleider», hatte er Sophie eines Abends berichtet. «Genau wie damals im College. Und ich wollte immer so sein wie er! Ich habe mich dafür gehaßt, daß ich so verdammt reinlich war! Ich habe geglaubt, es sei ein Zeichen für geistige Schäbigkeit ..., so pingelig zu sein.» So hatte die Erosion begonnen.

In Kalifornien gab es einen Mann, einen Arzt, mit dem Otto eine lebhafte Korrespondenz unterhielt, obwohl er ihn selten sah, höchstens wenn in New York ein Ärztekongreß stattfand. Sophie hatte ihn bei der einzigen Gelegenheit, bei der sie ihn getroffen hatte, für einen kalten Menschen gehalten; aufgebläht mit gutsherrlichen Theorien über die Aristokratie und entsprechenden politischen Einstellungen. Doch Otto sprach mit Hochachtung von ihm, ja sogar mit Begeisterung.

Vielleicht mochte Otto Francis, weil er so ungekünstelt freundlich war. Er war rührend. Angenehm.

«Von Natur verstehe ich gar nichts», sagte Sophie, während sie das Buch, das er ihr gegeben hatte, durchblätterte. «Ich kenne weder den Namen von irgendeinem Käfer noch den eines Baumes noch den einer wildwachsenden Blume.»

Francis war sofort besorgt, nachdenklich. «Jean, meiner Frau», sagte er, «sind die Dinge selbst gleichgültig, aber sie kennt von allem und jedem den Namen. Das ist ein eigenartiges Denken. Doch es holt sie ein. Sie liest nur, um sich Meinungen zu bilden, und dann kann sie sich nicht an das erinnern, was sie gelesen hat, sondern nur an die Meinungen. Ich nehme an, Sie sind ganz anders.» Sophie fühlte sich vage geschmeichelt, obwohl sie nicht wußte, was er unter «anders» verstand. Doch sie verspürte ein leises Unbehagen; die Schmeichelei war nicht nur zweideutig, sondern zeugte auch nicht gerade von gutem Geschmack. Aber sie war selbst unaufrichtig gewesen. Sie kannte die Namen vieler Pflanzen und Insekten und Blumen. Warum hatte sie ihm Unwissenheit vorgegaukelt? Um ihm zu schmeicheln? Oder hatte er sie damit, daß er ihr das Buch mit oberflächlicher Freundlichkeit in den Schoß legte, irritiert? Und hatte sie diese Behauptung weniger zum Beweis ihrer Unwissenheit aufgestellt, sondern vielmehr, um ihre Gleichgültigkeit gegenüber dem, was ihn interessierte, zu demonstrieren? Sie waren beide unehrlich gewesen.

Sie tranken Brandy und hörten Francis zu, der von seiner Arbeit erzählte. Er genoß, sagte er, die Vorteile der Anonymität; er war ein so wenig verlockender Happen, daß kein großer Verleger sich die Mühe machte, ihn zu verschlucken, und er hatte nicht nur die Freiheit, so ungefähr das zu publizieren, was er wollte, sondern entging dadurch, daß er sich von der Belletristik fernhielt, den entsetzlichen Zwängen der Mode. Er gab seine kleinen Käfer und Pflanzen heraus; die natürliche Welt war tausendmal absonderlicher und interessanter als die menschliche Gesellschaft. Mit einem charmanten Lächeln beschrieb er die Art und Weise, wie es einer bestimmten Larve gelingt, sich im Gehirn eines Singvogels einzunisten, um dort ihre Metamorphose zu Ende zu führen.

«Hat er dir gefallen?» fragte Otto später, als sie sich durch das überfüllte Foyer ins Theater drängten.

«Ja», erwiderte sie. «Er ist nett, sehr nett.»

«Ich weiß nicht, ob er nett ist. Ich würde sagen, er ist herzlos, wirklich. Es ist seltsam. Du siehst, wie ... höflich er ist, fast altmodisch. Er täuscht eine große Toleranz gegenüber der Welt vor, bleibt cool, hält sich heraus. Ich glaube, in Wahrheit kann niemand so sein – entweder man ist bestürzt und verblüfft, oder man verkürzt alles auf Ästhetik oder Politik oder Sexualsoziologie oder sonst was. Aber Francis – und mit herzlos will ich nicht sagen, daß er hart ist – hat eine völlig undurchdringliche Oberfläche, obwohl er so wirkt, als habe er überhaupt keine.

Er versteht mich nicht, aber dennoch mag ich ihn. Er stimmt mich fröhlich.»

Für Ottos Verhältnisse war das ein sehr langer Vortrag. Sophie sah ihn überrascht an. Er reichte ihr das Programm, das er soeben von einem Platzanweiser erhalten hatte, der jetzt ungeduldig in Richtung ihrer Plätze gestikulierte. Sie schoben sich an zwei Männern in bestickten Seidenwesten vorbei und klappten die Sitze herunter.

«Ich habe noch niemals gehört, daß du dich über jemanden so ausbreiten kannst», sagte sie.

«Deshalb», antwortete er. «Weil ich ihn mag und eigentlich nicht weiß, warum.»

«Aber werden sie sich wirklich trennen oder scheiden lassen?»

«Ich glaube nicht. Er geht sie immer wieder besuchen. Er sagt, sie sei Realistin. Ich glaube, er meint das vorwurfsvoll. Vielleicht ist es die Art, wie er es sagt, mit diesem für ihn typischen vertrauensvollen Grinsen.»

«Vielleicht liebt er sie.»

«Lieben? Davon weiß ich nichts. Ja, hier zeigt sich seine wahre Herzlosigkeit. Er will gewinnen. Egal, was er sagt, ich vermute, daß sie ihn hinausgeworfen hat. Oh, er ist sehr abhängig von ihr ... Sie gehört zu diesem Typ, der organisiert, denke ich, in meinen Ohren klang sie am Telefon hart, knallhart. Zwischen ihnen läuft eine Menge gut. Er sitzt hier in seinem schäbigen alten Büro, und sie kümmert sich um die Welt.»

«Ich frage mich, warum sie ihn hinausgeworfen hat.»

«Ich habe nur so einen Verdacht. Ich bin mir ziemlich sicher, daß er irgendwie zurückgehen wird. Er hat mir gesagt, daß er sich wegen der Nachbarskinder Sorgen macht, die seine Kinder besuchen kommen – sie könnten irgend etwas kaputtmachen, an dem sie sehr hängt, oder ihre spezielle Seife benutzen.»

«Ihre Seife!»

«Englische Seife. Pears, hat er gesagt. Er hat lauter solche merkwürdigen Details auf Lager.»

Sie hielt ihm den Kopfhörer für die Simultanübersetzung hin. «Möchtest du ihn?»

«Warum tust du so, als hätte ich eine Wahl?» brummte er und griff danach.

Obwohl sie sich auf die Bühne konzentrierte, war der erste Akt für Sophie irgendwie verdorben. Jemand hatte, offensichtlich entmutigt, seinen Kopfhörer fallenlassen und war gegangen, während die dünne, ausdruckslose Stimme der Dolmetscherin weiter schrill in der Luft herumpickte. Die Platzanweiser fanden den Kopfhörer erst, als die Hälfte des Stücks vorbei war. In der Pause verschwand Otto, der müde aussah, um eine Zigarre zu rauchen. Sophie blieb auf ihrem Sitz, merkte, daß ihr das Programm vom Schoß herunterrutschte, war aber merkwürdig träge, als hätte die Unterbrechung der Vorstellung sie mit nichts zu denken, nichts zu tun zurückgelassen. Doch als Otto die Stufen zu ihrer Reihe herunterkam, saß sie aufrecht da, hielt den glänzenden Rand des Programms umklammert und dachte so fest an Francis Early, daß sie bis zum vorletzten Augenblick nichts mehr von dem Stück mitbekam.

Ein paar Wochen später arrangierte Sophie ein Treffen mit Otto und Early in der Morgan Library, um sich dort eine Ausstellung mit Pflanzen- und Blumenzeichnungen anzusehen. Im letzten Moment rief Otto zu Hause an und teilte ihr mit, daß er es nicht schaffe.

Lange Zeit, nachdem Francis nach Locust Valley zurückgekehrt war, seinen Munch-Holzschnitt unter den Arm geklemmt und in einer Hand eine Schachtel voller Bücher an einem Wäscheseil tragend, fragte sich Sophie, was geschehen wäre, wenn Otto sie nicht zusammen allein gelassen hätte. Die Antwort variierte mit ihrer Stimmung. Aber sie konnte sich nicht belügen, wenn es darum ging, sich einzugestehen, daß es unterschiedliche Impulse waren, die sie beide auf Francis' Studiocouch landen ließen. Für ihn mochte sie vielleicht eine von mehreren gewesen sein. Aber für sie konnte es nur er selbst gewesen sein.

Sie war fünfunddreißig, zu alt für eine Romanze, sagte sie sich, als sie an der Kreuzung Neununddreißigste Straße und Madison Avenue ein Taxi nahmen. Er nannte seine Adresse. Sie blickten ziemlich starr vor sich hin. Sie las die Zulassungsnummer des Taxifahrers und prägte sich seinen Namen ein: Carl Schunk. Sie sagten nichts. Einmal ergriff Francis ihre behandschuhte Hand, und ein Beben durchzuckte sie, und ihr Mund wurde trocken.

Sie hatte damals eine qualvolle Vorahnung, daß sie ihn lange Zeit vermissen werde. Aber einen Augenblick später hatte sie es vergessen; die Intensität ihres Gefühls für ihn löschte alles aus außer sich selbst. Wie aus einem anderen Leben erinnerte sie sich, wie er gesagt hatte, daß seine Frau «die Namen aller Dinge» kannte. Hatte seine Stimme vorwurfsvoll geklungen? Sie hatte nicht sorgfältig genug hingehört, und jetzt hätte es ihr helfen können. Aber was war, wenn er tatsächlich vorwurfsvoll gewesen wäre? Was, wenn sein Tonfall eine unabänderliche Bindung verraten hätte? Was kümmerten sie Jean, das Haus in Locust Valley, die drei Kinder, die Geschichte, Otto, ihre eigene Vergangenheit, das, was geschehen würde?

Sie hatten an einer Glasvitrine hinuntergesehen, wobei er ein wenig pedantisch über Klischierverfahren gesprochen, sie angeschaut und angelächelt hatte. Dann bemerkte er, daß ihr benommener Blick starr auf ihn gerichtet war. Sie sah, wie sein Blut aufstieg, seinen Hals und sein Gesicht überflutete. Er nahm ihr Handgelenk in seine Hand und sagte: «Oh!»

Was sie dann verspürte, war zweifellos Entzücken. Er hatte ganz plötzlich die Heftigkeit des Gefühls erkannt, das von ihr Besitz ergriffen hatte, und ihre Dankbarkeit für diese Erkenntnis verdeckte eine Zeitlang die Tatsache, daß Erkenntnis das einzige war, was er mitbrachte. Ihr Handgelenk hatte sich in seiner Hand gedreht, ihre Finger hatten nach oben gegriffen und seine Manschette erhascht, dann seine Haut berührt. Als sie, Jahre später, versuchte, sich den genauen Klang seiner Stimme ins Gedächtnis zu rufen, und sich mit einer gewissen schmerzlichen Freude daran erinnerte, daß sie es gewesen war, die diese erregte Röte, dieses spontane *«Oh!»* ausgelöst hatte, packte sie die Verzweiflung. Die Stimme wollte nicht wiederkehren; sie konnte sie nicht hören.

Kurz nach seinem Vortrag am Glaskasten lag Sophie neben ihm auf seiner Couch, den Kopf halb auf der Kante, und betrachtete dösig ihre auf einem Rohrstuhl aufgetürmten Kleider. Sie hob den Kopf ein paar Zentimeter hoch und konnte sein jetzt so bleiches, so geheimnisvolles Gesicht sehen.

Seit jenem Abend im Theater hatte sie nicht aufgehört, an ihn zu denken. Was gerade zwischen ihnen auf der höckrigen Matratze geschehen war, war ebenso unentwirrbar mit ihrem ersten Blick auf ihn verbunden wie mit der Spannung, die sich wie eine Garotte um ihren Hals gelegt hatte und die sich endlich im beredten Schweigen ihres Auskleidens entlud und dann durch die hastige Kraft ihrer Umarmung erlosch. Erst jetzt rollte sein dünnes Bein von ihren Schenkeln. Sie war gerührt von der in seinem Zimmer herrschenden Atmosphäre der Vergänglichkeit und Vernachlässigung, von dem Geruch nach Staub und Zitrone – vielleicht von irgendeiner Lotion, die er benutzte, oder vielleicht von zwei tatsächlich auf einem Tisch liegenden Zitronen. Überall schien gleichzeitig Licht zu sein. Leidenschaftliche Koseworte gelangten bis zu ihren Lippen, aber sie sprach sie nicht aus. Nicht Schüchternheit ließ sie stumm bleiben. Sie versuchte, aus ihrem Bewußtsein die schmerzliche Befürchtung zu verdrängen, daß das Zimmer, abgesehen von ihrem eigenen Vorhandensein, leer war. «Francis?» flüsterte sie. Er hustete, ein Arm reichte über ihre Brüste hinweg zu einem kleinen Tisch, auf dem seine Finger eine Zigarette und ein Streichholzbriefchen fanden. Dann wurde er zurückgezogen, und die flüchtige Wärme seiner Haut verstärkte ihr Bewußtsein von Kälte, die sich über ihrem Fleisch ausbreitete. «Alles in Ordnung», murmelte er. Es hatte nicht einmal den Anschein, als rede er mit ihr.

Er streichelte ihren Arm. Allmählich erschien auf seinen Lippen dieses vertraute, gewinnende, sympathische Lächeln.

Am Telefon sprachen sie manchmal über Liebe. Einmal hörte sie eine außergewöhnliche Erregung in seiner Stimme; sie glaubte, ihn herumgekriegt zu haben, und sprach, plötzlich befreit von der Last eines gestaltlosen, schrecklichen Gewichts, der unschönen Form ihrer Liebesbegegnungen, ohne Scham über ihre Gefühle für ihn. Aber als sie sich wieder trafen, schien sich nichts verändert zu haben.

Doch sie hortete im geheimen: Sie sah ihn, wenn er sie in einer Bar suchte, in der sie sich verabredet hatten und in die sie, wie üblich, zu früh kam, und sie beobachtete ihn, während er auf seinem Herd Kaffee zubereitete, bemerkte mit großer Freude seinen langen, hageren Rücken, seine leicht gekrümmten Schultern und, wenn er sich von Zeit zu Zeit umwandte, um ihr etwas zu sagen, sein scharf gezeichnetes Profil.

Später, in einer Zeit, als es in ihren Gefühlen keinen Platz für irgend etwas außer obsessiver Erinnerung ohne Reue gab, veranlaßte sie ein perverser Wunsch, die Zärtlichkeit, die sie für ihn empfunden hatte, herabzusetzen, indem sie sich einredete, daß alles nur eine Art müder Lüsternheit der mittleren Jahre gewesen sei. Und wie sie mit der Zeit diese Liebenswürdigkeit, die ihr einst so große Freude bereitet hatte, hassen gelernt hatte! Sie war ein Kettenhemd, ein Ausdruck seiner unveränderlichen Distanz. Hinter ihr verbarg sich die Trostlosigkeit seines Lebens, seine Enttäuschung über sich selbst, sein Versagen gegenüber seiner Frau, sein wirklicher Groll über seine kleine, schmuddelige Bude und seine Selbstverachtung angesichts seiner Bemühungen, aus seinen beschränkten Möglichkeiten eine Tugend zu machen. Doch er schien nicht anders zu können – selbst seine Bitterkeit wurde irgendwie zu seinem persönlichen Vorteil gewendet. Das trug nur weiter zu seinem Geheimnis bei; es verlieh seinem Lächeln eine schwer faßbare Traurigkeit und war Teil seiner Eigenschaft, immer die *tatsächliche* Bedeutung, die hinter den Worten der Menschen lag, zu erkennen – so, als schwebe seine Seele in den Kulissen eines Theaters, stets bereit, hinauszufliegen und die Menschen inmitten des allgemeinen Bewußtseins zu umarmen.

Einmal hatte sie ihm ein Radio gekauft. Sie hatte es ihm im Originalkarton überreicht, und während er die Heftklammern öffnete, hatte sie glücklich gelächelt, weil er gesagt hatte, er müsse sich demnächst ein Radio besorgen, weil sie ihm zuvorgekommen war und ihm beschafft hatte, was er sich wünschte. Er nahm es großzügig an; in seiner Stimme klang ein Hauch von Bewunderung – er bewunderte Aufmerksamkeit – und die Andeutung, die ganz zarte Andeutung, daß in der Regel sich niemand darum scherte, ihm ein Geschenk zu machen, sich niemand die Mühe machte, nicht, daß ihm das etwas ausmachte. Er gehörte einfach nur zu jenen Leuten, die nichts geschenkt bekamen.

Als Sophie eine Woche später sein Zimmer betrat, hatte er ein neues Radio. Er war erstaunt gewesen, sagte er, als eine seiner Autorinnen, eine warmherzige Naturforscherin, ihm einfach eines geschickt hatte. Es hatte Zwischenfrequenz, Polizeifunk und Gott weiß was noch. Es war mit Leder bezogen, sehr aufgemotzt und leistungsstark. «Ich bekomme die ganze Welt rein», sagte er. Sophie streckte die Hand in die Richtung des Radios aus, berührte es aber nicht. Was hatte er mit ihrem gemacht? Aus dem Fenster geworfen?

Sie hätte das neue Radio am liebsten auf seinem staubigen Parkettboden zerschmettert. Statt dessen lächelte sie. Sie wußte nicht, wie sie ihrem beiderseitigen Lächeln Gewalt antun konnte. Es war ungesund. Es blieb auf ihrem Gesicht, wenn sie sich auszog. Es verging nicht, und sie nahm es mit sich nach Hause, ein entstellendes, krampfhaftes Grinsen.

Nur ein paar Wochen nach Beginn ihrer Affäre litt sie unter mächtigen Anfällen von Verachtung, in denen sie sich als Närrin, als *die Närrin* sah. Ihre unbeständigen Urteile über sich selbst offenbarten ihr, wie brutal ihr Verhältnis mit Francis sie auf sich selbst zurückgeworfen hatte. Dadurch, daß er sich gestattete, von ihr geliebt zu werden, hatte er ihr ihre menschliche Einsamkeit vor Augen geführt. Trotzdem hatte sie niemals besser ausgesehen: Ihre Augäpfel waren so blank wie die eines Kindes; ihr dunkles Haar glänzte besonders schön, und obwohl sie nicht viel aß, schien sie aus ihren Kleidern zu platzen, weniger weil sie zunahm, sondern wegen ihrer galvanisierten Energie. Streß, dachte sie, tat ihr gut, verlieh ihrem Gesicht, das allzu plastisch war, Spannkraft, hellte ihre eher fahle, dunkle Haut auf. Sie hatte keinen Augenblick der Ruhe, weil sie nachdachte, nachdachte, nachdachte über ihn. Sie wurde wie ein Pfeil. «Du siehst aus wie ein Pfeil», sagte er. Sie hatte sich beeilt, um ihn zu treffen, hatte seinen Arm berührt, gefühlt – durch die Ärmel seines Sakkos und seines Hemdes, ja, wie es schien, auch durch sein Fleisch hindurch –, wie er sich von ihr zurückzog. Ihr Herz griff zu und fiel zusammen. Er küßte sie auf die Augenbraue. Sie schob ihre Hand zwischen seine Hose und seine Haut und spürte die kleine hohe Hinterbacke. Er lachte und erzählte ihr eine Geschichte über einen Pfeilwurm, daß man ihn aufschneiden konnte und die einzelnen Abschnitte überlebten. Sie tranken ein Glas Weißwein. Geistesabwesend berührte er sie am Ohrläppchen. Sie stand auf. Er drängte sie gegen eine Wand, schob ihren Rock hoch. Sie versuchte, ihm zuvorzukommen. Er preßte sich gegen sie, wandte sich plötzlich ab und zeigte ihr ein neues Buch über Farne. Sie hörte das Klingen einer Münze, die aus seiner Tasche rollte und auf den Boden aufschlug. Auf der Couch kniete er über ihr und blickte mit scharfer, leidenschaftsloser Neugierde auf ihren Körper hinunter. Er konnte einen Hustenanfall nicht unterdrücken; dieser rüttelte in ihrem Inneren, bewegte sich über ihren Bauch und Magen hinauf zu ihrer Brust. Es empörte sie, daß er sie in diesem Augenblick zum Lachen bringen konnte. Aber sie konnte nicht aufhören zu lachen. Sie fielen beide vom Bett herunter. Ihre Knochen waren nicht mehr die jüngsten, und sie taten ihr weh. «Ich muß entweder das Rauchen oder das Ficken aufgeben», sagte er. Vor ihr lag die Rückkehr ins Graue. Es war undenkbar, ihn zu verlassen. Manchmal nahm sie ein Taxi. Sie fuhr nach Hause, ohne etwas zu sehen, mit leicht geschwollenem Mund und rosigen Wangen.

Es war klar, wann er genug hatte, mehr, als er je gewollt hatte. Er fragte sie, ob sie sich selbst auf einer Bühne vorstellen könne, ob sie sich je auf einer Bühne vorgestellt habe? Warum er sie das frage? Ach, er wisse nicht, aber manchmal ... die Art, wie sie spreche, den Kopf halte, ihre Emphase ... «Du meinst: theatralisch?» Nun ... das nicht gerade.

Dann, an einem Spätnachmittag, sagte er ihr, daß er nach Locust Valley zurückmüsse. Er müsse herausfinden, was in seiner Ehe wirklich passiert sei. Wenn er das nicht tue, wie könne er dann je eine andere Beziehung eingehen?

«Beziehung?»

«Ich kann doch erst dann jemand anderen heiraten, wenn ich mehr über das weiß, was zwischen Jean und mir abgelaufen ist», sagte er.

«Jemand anderen», schrie ihre innere Stimme.

Er sprach nicht mehr milde über seine Frau. Wenn er sie erwähnte, legte sich sein Gesicht in Falten, er schaute von Sophie weg auf irgendeinen Gegenstand im Zimmer, in der Bar, im Restaurant. Er sah jetzt seine Kinder häufiger. Er rief Sophie ein oder zwei Stunden, bevor sie fertig war, um das Haus zu verlassen und ihn zu treffen, an und sagte, es sei etwas dazwischengekommen. Er könne sie an diesem Tag nicht sehen. Vielleicht nächste Woche.

Als sie zum letzten Mal von seiner Couch aufstand, glaubte sie einen einzigen erstaunlichen Moment lang, daß sie mit Blut bedeckt sei, und daß das Blut die Umrisse seines Körpers auf ihrem nachzeichnete.

Wie hätte ihr Leben ausgesehen, wenn sie zusammengeblieben wären? Wenn sie jene «Beziehung» gewesen wäre, von der er sprach? Es spielte keine Rolle. Daß sie einander überdrüssig geworden, den ausgetretenen Pfaden der sexuellen Langeweile und Gewohnheit entlanggetrottet wären, spielte keine Rolle. Sie hatte ihn in einem späten Augenblick ihres Lebens ausgewählt, dann, wenn man fast immer nur hypothetisch eine Wahl hat. Es war eine Wahl jenseits der Zeit.

«Er ist nach Locust Valley zurückgegangen», sagte eines Abends Otto.

«Wer?» fragte sie dumm und gequält.

«Francis ist zurückgegangen. Dieses Mal wird er bleiben, glaube ich.» Und dann sagte er: «Er hat was von einem Betrüger!»

«Ich dachte, du magst ihn.»

«Tu ich doch. Er ist ein sehr anziehender Typ. Aber ich finde, er ist ein Betrüger. Er kann nicht anders.»

Hatte sie Francis am Ende erstickt? War er nach Locust Valley zurückgetrottet, weil abgestandene Luft immer noch besser war als gar keine? Aber was wußte sie über die Luft in Locust Valley? Und war Liebe Ersticken? Trotzdem konnte sie nicht ausstreichen, was sie jetzt wußte. Es war Verpflichtung, nicht einmal eine Wahl, nur Verpflichtung, und an diesem Fels zerschellte alles, Entschlüsse und Wünsche, Worte und Vermutungen. Kein Kampf, den sie sich vorstellen konnte, hätte ihn von dieser Verpflichtung losreißen können. Es war egal, wie seine Frau war. Es hätte nicht einmal dann eine Rolle gespielt, dachte sie, wenn er sie, Sophie, geliebt hätte.

«Worüber denkst du nach?» fragte Otto. Für ihn war das eine ungewöhnliche Frage. Sophie errötete. «Über die Ehe», sagte sie. Er lächelte, ein schlichtes, leicht entrücktes Lächeln.

Daß sie einander in derselben Weise gegenüber sitzen würden, wie so viele Jahre, und daß die übliche Intimität zwischen ihnen eine so schmerzhafte Verletzung erlitten haben konnte, ohne daß es dafür Beweise gab, quälte Sophie. Daß sie in all diesen Monaten so leidenschaftlich ein von Otto getrenntes Leben gelebt hatte, ohne daß er irgend etwas bemerkt hatte, bedeutete, daß ihre Ehe lange vor ihrer Begegnung mit Francis am Ende gewesen war. Entweder das, oder schlimmer noch, daß es, sobald sie Regeln und Grenzen überschritten hatte, überhaupt keine mehr gab. Konstruktionen hatten kein wirkliches Leben. Im Panzer des Alltagslebens und seinen flüchtigen Kompromissen vor sich hin zu funktionieren war Anarchie.

Sie wußte, wo sie gewesen war, dachte sie. Wo aber war Otto gewesen? Was hatte er gedacht? Wußte er *irgend etwas*? Sie sah ihn lange über den Tisch hinweg an. Er schien sich der Tatsache, daß sie ihn beobachtete, nicht bewußt zu sein. Er aß einen Teller von dem Apfelmus, das sie am Nachmittag zubereitet hatte. Der Löffel klirrte leise. Es roch nach dem zitronenähnlichen Aroma von Äpfeln. Otto rollte mit der linken Hand die Ecke seiner zerknitterten Serviette auf. Als er zu ihr hinüberblickte, spiegelten seine Augen nichts von dem wider, was er sah. Seine Stirn war leicht gerunzelt, seine Schulter gekrümmt.

Er fing an, über den Krieg zu reden – der Sohn eines Mandanten hatte ihn angerufen, um sich zu erkundigen, welche Rechte er habe, wenn er sich zum Kriegsdienstverweigerer erklärte. Otto lehnte ab, mit ihm zu reden, als der Junge sagte, er würde gern kommen und mit ihm «rappen».

«Aber du weißt, was ‹Rappen› reden bedeutet, oder?» fragte sie.

«Rein zufällig. Was wäre, wenn ich in einer Fremdsprache mit ihm geredet und blödsinnigerweise behauptet hätte, daß es *sein* Problem sei, mich zu verstehen?»

«Aber er brauchte Hilfe! Was macht es aus, *wie* er darum bat?»

«Ich habe ihm gesagt, er solle Klartext mit mir reden. Er sagte: ‹Wow.› Dieses Gelatinewort! Wow, wow, wow ... wie die Hunde den Mond anbellen. Dann sagte er, er würde mich verstehen, aber nach Lust und Laune handeln und reden, wie ihm der Schnabel gewachsen sei, und ich fragte ihn, wo zum Geier geschrieben stehe, daß irgend jemand nach Lust und Laune handeln solle?»

«Ach, Otto!»

«Ach, halt den Mund!» rief er, stieß sich vom Tisch ab und ging aus dem Eßzimmer. Nur einen Augenblick später mußte sie ihr Gedächtnis anstrengen, um sich seinen Gesichtsausdruck zu vergegenwärtigen, während er dort gesessen hatte. Wütend hatte er sie angeschrien und das Zimmer verlassen. Aber der Ausdruck, den sie auf seinem Gesicht gesehen hatte, war weniger von Zorn als von Verblüffung geprägt gewesen; der Ausdruck von jemandem, der keinen Grund für seinen Kummer finden kann.

Sophie sah Francis erst sechs Monate später wieder, als er sie eines Nachmittags unerwartet anrief. Sie wollten sich auf einen Drink treffen. Er stand an der Theke, las in einem Buch und hatte eine Brille auf. «Hallo», sagte sie. Sie streckte die Hand aus, um seinen Arm zu berühren, und zog sie wieder zurück. «Sophie», sagte er.

Sie saßen an einem kleinen runden Tisch, die Knie aneinander reibend, bis er seinen Stuhl wegdrehte. Sie sprachen über das Buch, das er gerade las, ein Bericht über Sir Leonard Woolleys Ausgrabungen im türkischen Hatay in der Nähe von Antiochia. Dem gelte neuerdings sein Interesse, sagte er, vorklassische Archäologie. Und wie gehe es ihr? Und wofür interessiere sie sich momentan? Sie sehe gut aus, sagte er, schlanker, und sie lächelte, ja, ja, sie sei schlanker denn je. Sie stellte fest, daß er jetzt eine Brille trage. Zum Lesen, sagte er. Die Schweigepausen zwischen ihnen waren eine Art Schlaf; ihre Augen neigten dazu, sich zu schließen, bis sie seine Stimme hörte. Er war ein bißchen gewöhnlicher geworden, dachte sie, aber sie fragte ihn nur, ob er zugenommen habe.

Vielleicht würde er diesen schönen, offenen Ausdruck auf seinem schlichten Gesicht niemals ganz verlieren, diese Reinheit des Ausdrucks. Es war nur eine rudimentäre Anmut, sagte sie sich, die die Anpassung überlebt hatte und von ihr verdorben worden war.

Sie sagte ihm, daß es ihr nicht allzu gut gegangen sei. Sie sagte nicht, daß sie einen unersetzlichen Verlust erlitten hatte. Statt dessen begann sie, etwas zögernd, ihre Beschwerden aufzuzählen, Müdigkeit, Blutarmut – aber sie bemerkte einen Anflug von Ironie, während er ihr zuhörte, und ließ sich davon zügeln. Sie hätte nicht sagen können, woraus er bestand – aus dem vagen Lächeln, seinen zusammengekniffenen Augen, der leichten Haltungsänderung. Er setzte sie in ein Taxi. Sie blickte durch die Rückscheibe des Taxis. Er sah ihr nicht nach, sondern starrte in das Schaufenster eines Geschäfts.

7

Otto stand am Fenster. Der Himmel war aschgrau. Auch wenn sie sein Gesicht nicht sehen konnte, bemerkte Sophie, daß seine Aufmerksamkeit sich auf etwas auf der Straße konzentrierte. In einer Hand hielt er seinen Schlafanzug. Nackt, neben der hervorstehenden Kante einer Kommode, sah er verletzlich aus, perspektivisch verkürzt und flehend. Als sie sich aus dem warmen Bett erhob, bemerkte sie auf seinem Gesicht einen Ausdruck finsteren Widerwillens.

«Wieviel Uhr ist es?» fragte sie.

«Ich weiß nicht ... so gegen sieben vielleicht», erwiderte er, ohne sie anzusehen.

Sie folgte der Richtung seines Blicks. Auf dem Gehsteig gegenüber taumelte ein Neger lautlos zwischen Treppe und Bordsteinkante hin und her. Mit der einen Hand umklammerte er den aufgebauschten Stoff seiner Hose. In der anderen hielt er ein grünes Plastikflugzeug. Über seinen wild schwankenden Beinen kam seinem nackten Hinterteil eine gewisse Schwerkraft zu. Plötzlich schleuderte ihn sein Seitwärtsgang gegen den Pfosten eines schwarzbemalten Geländers. Er stürzte, bei einer wuchtigen Kniebeuge krachten seine Knie gegeneinander, sein Hut fiel herunter, sein nackter Hintern landete auf seinen Fersen. Er warf eine Hand in die Luft, die andere packte das Geländer, das grüne Flugzeug prallte dagegen. Dann erbrach er sich.

Ein schwarzes Auto knatterte vorbei. Sie sahen den Neger, seinen nach hinten gefallenen Kopf, seine geschlossenen Augen. Sein Hut kam erst in dieser Sekunde im Rinnstein zum Stillstand. Mit irrwitzigem Schlingern begann der Mann sich wieder vorwärtszubewegen.

«Schau nicht hin ...», bat Sophie und zog Otto am Arm.

«Pst ...»

«Komm hier weg. Komm ins Bett.»

«Warte!»

«Du solltest nicht hinsehen. Das ist nicht richtig von dir ...»

«Er ist hineingefallen.»

Irgendwo hinter ihrem Haus jaulte ein Hund, dann folgte eine Reihe qualvoller Aufschreie, die durch die immer noch dicke graue Luft schlüpften und weiterglitten. Sophie legte die Hand auf Ottos Taille. Er fühlte sich feucht an.

«Ich wünschte, wir könnten an einem Ort leben, wo man keine Hunde quält», sagte sie.

«Versailles», brummte er, dann starrte er sie trotzig an. «Warum bist du schon so früh auf?» fragte er. Ohne eine Antwort abzuwarten, ging er ins Badezimmer. Sie wandte ihre Aufmerksamkeit wieder der Straße zu. Der Neger lag vor einem metallenen Mülleimer, der an das Geländer gekettet war, an dem er sich immer noch festhielt. Noch während sie zusah, fiel seine Hand herunter und plumpste auf das Pflaster, das grüne Flugzeug schlug ein paar Meter weiter auf. Sie wurde sich plötzlich ihres Unbehagens bewußt; ihr Mund war belegt, ihr Körper erschöpft und ihr Verstand von Erinnerung verdorben. Sie hatte sich wieder schlafen gelegt, speiste ihre Erinnerungen an Francis Early, so wie ein altes Weib ein Baby mit Hilfe eines Fetzens tränkt. Die Arme hingen ihr schwer an den Seiten herunter. Das Zimmer fühlte sich abgestanden an. Sie hörte die Toilettenspülung, das fließende Wasser, dann das trottende Geräusch von Ottos Füßen, als er ins Schlafzimmer zurückkam. Sie wäre gern wieder eingeschlafen, aber sie blieb dort vor dem Fenster stehen, vor dem sie die Vorhänge zugezogen und dabei deren Sprödigkeit gefühlt hatte. Sie stellte fest, daß sie sie in die Reinigung geben müßte. Der Neger bewegte sich ein wenig.

«Mein Gott! Er steht auf», sagte sie.

Otto seufzte, fiel ins Bett und zog die Decke über sich.

«Wie geht es mit deinem Biß?»

«Besser, glaube ich», sagte sie, schaltete eine kleine Tischlampe ein und blickte auf ihre Hand hinunter. Die Schwellung war immer noch auffallend, aber die Rötung war zurückgegangen. «Er ist entzündet. Mein ganzer Arm ist entzündet. Aber er sieht besser aus.»

«Du solltest dir heute eine Tetanusspritze geben lassen. Du kannst sie überall bekommen.» Er klang, als sei er des ganzen Themas überdrüssig.

«Ach, das wird schon besser», sagte sie, von sich selbst angeödet.

Durch halbgeschlossene Lider schielte er auf sie. «Du läßt dich treiben, Sophie», sagte er. «Es gibt bestimmte Dinge, die man ohne Aufhebens erledigen sollte.»

«Vielleicht ist er nicht betrunken. Vielleicht ist er krank», sagte sie.

«Er ist betrunken», sagte Otto. «Komm ins Bett.»

«Woher willst *du* das wissen?»

«Schrei nicht herum!»

«Kannst du keine Zweifel zulassen? Vielleicht hatte er einen epileptischen Anfall! Einen Herzanfall! Du bist so neunmalklug, durchschaust alle ... die amerikanische Art von Weisheit! Und was ist, wenn er tatsächlich betrunken ist? Ist das nicht schlimm genug?»

Langsam zog sich Otto die Decke über den Kopf. Seine Beine schauten unten heraus. Sophie, die Kiefer in einen Schraubstock gespannt, lief zum Bett, schnappte seine Decke und zog sie ihm weg. Er griff nach ihr und packte sie um die Schenkel, und sie fiel über ihn. «Du redest zuviel», sagte er, «und du fängst an, ‹amerikanisch› als Pejorativ zu verwenden. Hast du etwa einen Haß auf dein Land?»

«Ich habe einen Haß auf dich», erwiderte sie.

«Einen großen?»

«Nein.»

Plötzlich, ausgezehrt von der nervösen Erregung, die sie für einen Augenblick ihre Müdigkeit und die eintönige Stumpfheit dieses frühen Morgens hatte vergessen lassen, vergrub sie ihr Gesicht am Bettrand. Otto begann etwas apathisch ihren Rücken unter dem Nachthemd zu streicheln. Sie war dankbar, daß sie nicht gestritten hatten – ihr fehlte die Energie dazu –, aber gleich hinter ihrer Dankbarkeit türmte sich eine düstere Enttäuschung auf. Würde Otto mit ihr schlafen, während der Neger unten auf der Straße in seinem Erbrochenen schlief?

Sie beschwor den Geist ihres ehemaligen Liebhabers herauf. Er saß in dem Stuhl mit der geraden Rückenlehne und trug eine braune Wildlederjacke. Er sah sie nicht an. Ein Büstenhalter hing über der Rückenlehne, da, wo sie ihn abgelegt hatte, und Francis beugte sich etwas vor, so, als wollte er die Berührung mit ihm vermeiden. Sie zwang ihn, sich zurückzulehnen. Er begann zu verschwinden. In Locust Valley würde er jetzt schlafen, an Jean geschmiegt, die die Namen von allen Dingen kannte ... Eine Träne kullerte ihr über die Wange. Sie würde sich niemals von ihm befreien. Ottos Hand war regungslos. Sie hörte zu, wie er atmete. Er schlief.

Am frühen Vormittag, als sie erwachten, war der Himmel klar, rosarot, hoffnungsvoll.

«Was machst du heute?» fragte er sie beim Frühstück.

«Mit Claire Mittag essen.»

«Ich hätte gern, daß du zum Arzt gehst.»

«Ich rufe heute nachmittag Noel an.»

«Ja?»

«Am Samstag wird er nicht dasein.»

«Dann wird ihn der Anrufdienst verständigen.»

«Solche Dienste sind dazu da, die Schreie der Sterbenden zu ersticken», sagte sie.

«Wenn ich heute nur nicht arbeiten müßte», sagte er. «Mit seinem Weggang hat Charlie eine mittlere Katastrophe ausgelöst.»

Sie stand abrupt auf und trug die Teller in die Küche. Als sie zurückkam, war er im Wohnzimmer und sah seine Aktentasche durch. Sie erblickte ein Buch, das an einer Ecke hervorschaute, griff träge danach und zog es heraus, um den Titel lesen zu können. Dann schlug sie es bei einem Zettel auf, der als Lesezeichen diente.

«Liest du das gerade?» fragte sie.

Er blickte auf das Buch und nickte. Es war *Der Tod des Iwan Iljitsch.*

Sie ging mit ihm zur Wohnungstür.

«Er ist weg», sagte sie, während sie durch die Glaseinsätze schaute.

«Wer?»

«Der Neger. Einfach weggegangen.»

«Ein Engel hat ihn fortgetragen», sagte er. «Die Katze ist nicht mehr zurückgekommen, oder?»

«Ich habe sie nicht gesehen.»

Er machte eine Pause, griff nach dem Türknauf, dann berührte er ihr Haar. «Bist du heute nacht heruntergekommen und hast gelesen? Ich bin einmal aufgewacht, und du warst nicht im Bett.»

Sie begann zu lachen, ohne es zu wollen, und versuchte aufzuhören.

«Sophie?»

«Ich war nicht einmal hier im Haus», sagte sie. «Charlie ist gekommen.»

«Charlie!»

«Charlie kam mitten in der Nacht hierher und wollte reden. Er wollte dich sehen, sagte er. Er war etwas angetrunken. Wir sind in eine Bar in der Clark Street gegangen.» Sie lachte immer noch. *Fou rire,* sagte sie streng zu sich selbst.

Er zog sie zurück in den Flur.

«Warum hast du mich nicht geweckt? Warum hast du kein Wort gesagt bis jetzt, wo ich gehen muß?»

«Deswegen lache ich. Weil ich es vergessen habe. Ich habe es einfach vergessen.»

Er ließ seine Aktentasche auf den Boden fallen. «Du bringst mich noch zur Raserei», sagte er leise.

«Warum hast du ‹viel Glück, Kumpel› zu ihm gesagt?» fragte sie störrisch und wünschte sofort, sie hätte es nicht getan. Sie hatte ihm gegenüber einen Anflug von Ungeduld verspürt; ihr eigenes Lachen hatte sie aus der Fassung gebracht, denn sie hatte ihn nicht beschämen wollen, und genau das hatte sie mit ihrem Hinweis auf seine Dummheit erreicht, eine Beleidigung, die sie nicht zurücknehmen konnte.

«Es tut mir leid», rief sie. «Oh ... entschuldige bitte.»

Seine Stimme war fast unhörbar. «Bemüh dich nicht, mir sonst noch irgend etwas zu erzählen ...»

«Er war wütend», sagte sie hilflos. «Er hat versucht, über mich an dich heranzukommen. Er war verletzt, weil er das Gefühl hat, du würdest der Angelegenheit nicht das richtige Gewicht beimessen, dem Ende eurer Partnerschaft ... daß du gleichgültig bist. Ach, ich weiß nicht ...»

Er schaute verdutzt auf seine Armbanduhr. «Ich habe über die Jahre einen so großen Teil der Arbeit erledigt», sagte er. Sein Ton war maßvoll, aber sein Blick war starr auf ihre Schulter gerichtet, die einen schwachen Druck verspürte, so, als lehnte er sich gegen sie. «Charlie hat Charme. Er hat etwas Einschmeichelndes, verstehst du, darin ist er Experte.» Er machte eine Pause. Sie fühlte, daß er redete, ohne allzuviel nachzudenken, und sie wußte, daß er nicht besonders an die Wirksamkeit von Worten glaubte, die letzten Endes nur für das ausreichten, was gesagt werden konnte. Die Wahrheit über die Menschen hatte nicht viel mit dem zu tun, was sie über sich selbst oder was andere über sie sagten. Sie spürte, wie Mitgefühl mit ihm sie durchströmte. Er war nicht imstande, das auszudrücken, was er wollte.

«Ich weiß», sagte sie rasch. «Ich weiß genau, was du meinst.» Es berührte sie tief, daß weder sie noch er es wußten. Er sah sehr müde aus. «Mußt du gehen?» fragte sie.

«Die Akten ...», sagte er. «Es gibt so viel Arbeit. Er nimmt so viel vom Betrieb mit. Ich weiß noch nicht einmal, wie viele Mandanten.»

«Er ist dir nicht egal.»

«Nein. Er hat auch mich eingewickelt.»

«Aber du hast Mandanten, die lieber bei dir bleiben.»

«Ja?» Er lächelte vage. Es drängte sie, ihm über den Anruf und Charlies Geständnis zu berichten. Daß sie als Ottos lustlose Verteidigerin Stunden mit Charlie verbracht hatte, war eine Sache. Aber daß er angerufen und wie ein Geistesgestörter in die Telefonmuschel gehaucht hatte, schien ihr eine gefährliche Mitteilung zu sein. Sie wußte nicht, warum.

«Er wünscht sich ein neues Leben», sagte Otto und hob seine Aktentasche auf. «Selbst Charlie wünscht sich das.» Dann ging er ganz plötzlich und zog die Tür hinter ihrem Abschiedsgruß zu.

Seine Worte «*Ein neues Leben*» hatten sie aufgeschreckt. Es war eine jener schwermütigen, ganz beiläufig fallengelassenen Floskeln, zu denen Menschen in einem gewissen Alter neigen. Aber nicht Otto.

Sie fragte sich, ob Charlie versuchen werde, Otto heute zu sehen, und glaubte, nein. Ohne genau zu wissen, wie sie zu einem solchen Schluß gekommen war, war sie sich jetzt sicher, daß Charlie nicht ernsthaft vorgehabt hatte, Otto zu konfrontieren; er war wie die Bühnengestalt, die aus sicherer Entfernung zu ihrem Widersacher «Auf ihn!» ruft. Plötzlich fiel ihr ein, daß sie Charlies Anruf wegen ihrer eigenen Enthüllung nicht erwähnt hatte. Warum, in Gottes Namen, hatte sie ihm das erzählt!

8

An Samstagen wurde die Straße von einem leichten Fieber erfaßt. Hauseigentümer trugen ihre Arbeitskleider; Frauen und Männer mittleren Alters in ausgewaschenen Jeans und farbbekleckstem Hemden pflegten die Erde rund um die zarten jungen Bäume am Gehsteig oder standen herum und sahen mit besorgten Blicken an ihren Häusern hinauf. Einer trug einen Eimer oder einen Schlauch oder einen Pinsel, ein anderer einen Spachtel für die Farbtropfen, mit denen ihre neuen Fenster bespritzt waren, wieder ein anderer eine Leiter, die er gegen die Mauer lehnte, um hinaufzusteigen und eine verwitterte Markise zu reparieren. Beide Seiten der Straße waren von Autos gesäumt, von denen viele klein und im Ausland hergestellt waren und einige ein auffallendes Zeichen trugen, das deutlich machte, daß der Wagen in Deutschland oder Frankreich oder England gekauft worden war.

Sophie schaute durch die Wohnzimmervorhänge hinaus und sah einen Mann, der einen Abschnitt seines Gehsteigs bei seiner Treppe abspritzte. Mit steifen Armen und strenger Miene hielt er die Düse des Schlauchs nahe ans Pflaster. Während sie ihn beobachtete, ließ er plötzlich den Schlauch fallen und hob von der Erde rund um seinen Ahorn das grüne Flugzeug auf. Er stopfte es in seine Mülltonne, die bereits überquoll, und machte sich wieder ans Abspritzen.

Auf der Rückseite des Hauses liefen die in kleine Höfe gesperrten Hunde im Kreis herum. Telefonleitungen, elektrische Drähte und einander mehrfach kreuzende

Wäscheleinen ließen die Häuser, die Laternenpfähle und die kahlen Bäume wie eine Schattenrißzeichnung, eine fortlaufende Linie erscheinen. Der Hof der Bentwoods war mit Kies bedeckt, durch den sich ein schmaler, mit Ziegelsteinen gepflasterter Weg schlängelte, der zu einer weiß gestrichenen eisernen Bank, einem steinernen Cherub, der ein kaum erkennbares Füllhorn trug, und zum Rand eines kleinen betonierten Bassins abzweigte. Hier und da standen mehrere Eiben, die in Kübeln wuchsen, und es gab kleine Beete mit Lorbeerrosen, die die Bentwoods im Laufe der Zeit von der Route 9 am Jersey-Ufer des Hudson geklaut hatten. Kahle Stellen in der gleichmäßigen Kiesschicht zeugten davon, daß hier Katzen Löcher gegraben hatten.

Sophie stand einen Augenblick lang an der Hintertür. Eine weißgraue Katze saß auf einem Holzzaun und beobachtete einen Spatz, der regungslos auf dem Zweig eines Götterbaums saß. Sie wußte nicht, worüber sie nachdachte, als sie die Stirn gegen das Glas preßte, aber sie verspürte eine rasche, dunkle Ahnung, als hätte jemand hinter ihr das Zimmer betreten. Das Haus war samstags auf eine besondere Art still; sie ging von Fenster zu Fenster, wünschte, sie sei angezogen und draußen, und starrte doch passiv auf die Straße, als wartete sie auf ein Zeichen.

Träge stieg sie die Treppe hinauf. Lässig kleidete sie sich an. Aber sobald sie auf dem Gehsteig war, erlebte sie einen plötzlichen Stimmungswandel; während sie die Court Street zur U-Bahn-Station Borough Hall hinaufging, fühlte sie sich in Hochstimmung versetzt. Tatsächlich hatte sie Charlie überhaupt nichts verraten. Francis hatte, was sie anbetraf, wahrscheinlich recht gehabt – sie hatte eine Neigung zum Melodramatischen, und Charlies nächtlicher Besuch hatte diese Neigung hervorgekitzelt.

Die Katze war gesund. Sie würde problemlos davonkommen!

In einem Mantel aus französischem Tweed und in Schuhen aus Florenz wartete sie auf dem Bahnsteig der U-Bahn, ihr wirkliches Leben ebenso verborgen wie das der Menschen, die an ihr vorüberschlenderten oder sich gegen die geschwärzten, vernarbten Pfeiler lehnten, welche die Decke stützten.

Zu ihrer Bestürzung füllten sich ihre Augen mit Tränen. Sie fand ein Taschentuch in ihrer Tasche und suchte Zuflucht hinter einem Automaten mit gekühlten Getränken. Dort fand sie zwei Mitteilungen: Die eine, mit Kreide geschrieben, lautete: *Kiss me someone,* und die andere, mit einem Schlüssel oder einem Messer eingeritzt: *Fuck everybody except Linda.*

Im Zug schlug sie das Buch auf, das sie von ihrem Nachttisch genommen hatte. Es war eine englische Ausgabe von *Renée Mauperin.* Den ganzen Weg bis zur Fulton Street starrte sie auf die Zeichnung der Brüder Goncourt. Beim Umblättern der Seiten fiel ihr Blick auf einen Satz: «Krankheiten wirken im geheimen, ihre zerstörerische Wirkung bleibt oft verborgen.» Auf französisch würde es, so dachte sie, weniger medizinisch, sondern bedrohlicher, allgemeingültiger klingen. Sie klappte das Buch zu und versuchte, den Handschuh über die linke Hand zu ziehen; der Schmerz war sofort da. Er war die ganze Zeit dagewesen, im Inneren ihrer Hand auf der Lauer gelegen. Der Zug war jetzt überfüllt, und es roch nach dem abgestandenen, warmen Suppengeruch von Menschenmengen. Sie hätte ein Taxi in die City nehmen können, aber das wäre Nachgiebigkeit gegen sich selbst gewesen, die dadurch noch widerwärtiger geworden wäre, weil sie sich ein Taxi leisten konnte. Sophie wurde von der Vision gequält, mühelos in eine krankhafte Abhängigkeit von körperlicher Bequemlichkeit hineinzuschlittern. Jetzt atmete sie entschieden die ekelhafte Luft ein und aus und bedeckte die pulsierende Hand mit der anderen. Je weniger Aufmerksamkeit sie ihr schenkte, um so besser.

Bevor sie zu Claire ging, wo sie erst gegen Mittag erwartet wurde, ging Sophie in den Bazaar Provençal, ein kleines Geschäft für Küchengeräte an der Achtundfünfzigsten Straße East. Sie wollte eine Omelettpfanne kaufen – sie thronte, solide wie ihr Metall, in einem verschwommenen häuslichen Traum: Ein Paar mittleren Alters saß über seinem *omelette aux fines herbes*, dazu zwei Gläser mit Weißwein, ein halber Winzerkäse, zwei Birnen in einer Milchglasschale ...

«Diese hier ist besser», sagte eine ältere Frau, deren sackartiges Kinn mit Stoppeln grauer, steifer Haare übersät war. «Ist das die Größe, die Sie wollten?»

«Wie groß ist sie?» fragte Sophie.

«Ich müßte sie ausmessen. Sie müssen in die Pfanne vor Gebrauch Kräuter geben. Haben Sie das gewußt?»

Sophie kaufte statt dessen eine Sanduhr zum Eierkochen. Überflüssig. Der Laden roch nach Holzwolle, eingeöltem Metall und dem leicht brackigen Geruch der Töpferwaren aus Vallauris. Sie reichte der Frau das Geld.

«Ihre Hand blutet», bemerkte die Frau kühl.

«Nein.»

«Doch. Sehen Sie nicht? Sie müssen sich irgendwo angeschlagen haben.»

Ein einziger Tropfen Blut quoll aus der Wunde hervor.

«Oh. Gut möglich.»

Die Frau öffnete eine große schwarze Handtasche und zog ein Kleenex heraus, das sie Sophie zuwarf.

«Wir haben hier drinnen nicht viel Platz», sagte sie. «Alle diese neuen Sendungen sind gestern eingetroffen.»

«Es ist nicht hier drinnen passiert. Bestimmt nicht», sagte Sophie.

«Die Leute müssen schon aufpassen, wo sie hintreten.»

Die Frau schob ein paar Münzen in Sophies Hand. Die Haare auf ihrem Kinn waren wie kleine Metallspäne; sie schienen zu beben wie Fühler auf der Suche nach Beute.

«Ich gebe ja nicht Ihnen die Schuld daran», rief Sophie plötzlich aus.

«Na, na, na!» rief die alte Frau und warf die Hände hoch, als wolle sie einen Fluch abwehren. Sophie steckte das unverpackte Stundenglas in ihre Tasche und ergriff die Flucht.

Claire Fischer wohnte in einer Atelierwohnung nicht weit vom Central Park West. Die äußere Gestalt des Hauses erinnerte stark an eine Ablagerung natürlicher Materie und weniger an menschengemachtes Material. Die gesamte Oberfläche war klumpenweise mit irgendeiner Substanz bedeckt, die wie erstarrter Vogeldreck aussah. Unter den schwarzen Balken der niedrigen Decke in der Eingangshalle sickerte das Licht wie ein Rinnsal durch die schmutzigen Buntglasfenster. Die Wohnungen waren alle zweistöckig und die Mieten irrsinnig hoch. Sophie ging den Dienstbotenaufgang bis in den ersten Stock hoch, wo sie Claires Tür weit offen stehend vorfand. Sie trat ein und verspürte wie immer eine beunruhigende Verblüffung, als sie das über zwei Stockwerke reichende Wohnzimmer, die Eichentreppe, die zu den Schlafzimmern auf der Galerie oben führte, den marmornen Kamin mit seinem viktorianischen Gitter und das massive, schäbige Mobiliar betrachtete. Claire nannte es den Quatsch aus den dreißiger Jahren. Sophie fühlte, daß in seiner tiefen Bekundung von Gleichgültigkeit gegenüber Planung und Ausstattung ein Element lag, das ihrem eigenen Ordnungssinn zuwider war: Aus demselben Grund begehrte sie es. Auf jeder freien Fläche hatte Claire ihre Sammlungen von Muscheln und Steinen, getrocknetem Seegras, Blättern, Glasscherben und Trockenblumen aufgestapelt. Der Gesamteindruck war der eines besessenen Versuchs, die natürliche Welt en miniature neu zu erschaffen, aber ohne jeden Plan. Es war eine Anhäufung, keine Ausstellung.

«Claire?» fragte Sophie.

«Herein!» lautete die Antwort.

Sophie ging in die Küche unterhalb der Galerie. Hier reduzierte sich die Wohnung auf Schäbigkeit. Die Küche war gräßlich; ganze Karawanen von Schaben zogen über Arbeitsflächen und Wände, und die Geräte hätten sich genauso gut auf der Müllkippe der City befinden können. Claire beugte sich über einen Eimer beim Herd.

«Was machst du da? Was hast du da?»

«Schau dir das an!» sagte Claire, ohne ihre Haltung zu verändern oder aufzublicken. Sophie stand neben ihr und sah in den Eimer hinein. «Da oben drauf, das ist Maismehl», erklärte Claire. «Die Venusmuscheln am Boden steigen deswegen nach oben, siehst du, und streifen dabei den Sand aus ihrem Magen. Ist das nicht genial? Von mir, nicht von den Muscheln. Hast du schon Leon begrüßt?»

«Ich wußte gar nicht, daß er da ist», entgegnete Sophie.

Claire richtete sich auf und hielt Sophie ihr ernstes Gesicht mit den vielen Runzeln entgegen. Ihre Augen waren strahlend blau, die Augäpfel leicht blutunterlaufen. Ein ganzes Netzwerk dünner roter Äderchen strahlte vom Mittelpunkt ihrer kurzen stumpfen Nase aus. Wenn sie lächelte, wie sie es jetzt tat, als sie Sophie mit einem Finger auf die Schulter tippte, sah Sophie das matte Rosa in ihrem Mund und kleine Einsprengsel von Gold dort, wo ihre Zähne überkront waren. Ihr kurzgeschnittenes ergrautes Haar stand vom ganzen Kopf ab. Sie fuhr sich oft mit der Hand durch dieses Dickicht, als wollte sie sich versichern, daß es noch da war. Obwohl sie eine schwergewichtige Frau war, sah sie nicht mollig aus – eher stämmig. Gewöhnlich stand sie breitbeinig da und blickte oft nach unten, auf den Boden, als mißtraue sie seiner Stabilität. Sie trug ein Männerhemd, einen Rock aus einer indischen Baumwolldecke, weiße Socken und *alpargatas*; die Hanfsohle der einen hatte sich schon teilweise aufgelöst. Ein Tuch war um ihre Mitte gebunden und zusammengeknotet.

«Er hat sich wahrscheinlich oben hingelegt», sagte sie jetzt. «Er ist entsetzlich müde. Ich glaube, seine Frau macht ihn fertig.»

«Ich wußte gar nicht, daß er wieder geheiratet hat», sagte Sophie.

«Er hat eine seiner Absolventinnen vom letzten Frühjahr geheiratet, ein stinklangweiliges Mädchen, das davon überzeugt ist, ein Wesen von ungehemmter Sinneslust zu sein. Das jedenfalls erzählt er mir. Möchtest du Gin oder Whisky?»

«Gin.»

«Er erzählt mir viel mehr, als ich über diese Dinge hören möchte. Möchtest du Wermut oder Tonic oder was anderes? Es gefällt ihm, mich lieber wie seine Putzfrau als wie seine erste Frau zu behandeln. Doch er ist wie die meisten von ihnen – leidenschaftliche Selbstlosigkeit, bis er dich wie der alte Affe, der er nun mal ist, anspringt.»

«Tonic. Warum sagst du ihm nicht, er solle es für sich behalten?»

«Das würde seine Gefühle verletzen. Er sagt, sie habe ihn dadurch hereingelegt, daß sie eine sehr gute Dissertation über Henry James schrieb ... mit irgendeinem besonderen Blick auf seine Beziehung zu seinem Bruder ... Ich weiß nicht. Er war überschwenglich mit seinem Lob – ich würde sagen, daß er für seine Verhältnisse großzügig war –, und als nächstes erfuhr er, daß sie schwor, es gebe zwischen ihnen mehr als eine dumme alte Dissertation über den dummen alten Henry. Bei ihm ist die Liebe immer durch das Gehirn gegangen; er schwört, er würde eine Frau nur dann anrühren, wenn sie ein kluges Köpfchen hat. Na ja, jedenfalls ist sie absolut plemplem. Er geht höchst ungern abends nach Hause, hält sich in der Universitätsbibliothek versteckt. Sie wartet immer hinter der Tür auf ihn, splitternackt, befreit von intellektuellen Anliegen, seine Bestie, wie sie sich selbst nennt. Ich habe sie beide eines Abends im Foyer eines Theaters getroffen, und sie hat zwei Tage lang geschmollt, erzählt mir Leon. Meinetwegen geschmollt!» Sie schnupperte. «Manchmal glaube ich, daß sich in dieser Küche ein Ziegenbock einquartiert hat. Komm, wir gehen hier raus.»

Im Wohnzimmer fiel Claire in einen abscheulichen Sessel, der mit einer Art von braunem, bärenfellähnlichem Flaum bedeckt war. Ihr Rock flog hoch. Im Gegensatz zu ihrem übrigen Körper waren ihre Beine dünn, und blaue Adern schimmerten durch die weiße Haut hindurch.

«Du siehst elegant aus, Sophie. Wie geht es dir?»

«Gut ... nein, nicht so gut.»

«Schau dir diese Schuhe an! Von irgendeinem europäischen Sklaven für eine Lira angefertigt, stimmt's? Was für Unmengen von Menschen, auf denen wir uns ausruhen! Ich habe gedacht, meine Eitelkeit würde mit fünfzig nachlassen, aber sie ist schlimmer geworden. Deshalb ziehe ich mich so an. Ich möchte lieber wie ein gealtertes Go-go-Girl aussehen als wie eine Vogelscheuche aus der Mittelschicht. In Afrika hat es einmal einen Stamm gegeben, in dem hat man Frauen, die älter als fünfzig waren, über eine Klippe geworfen. Aber ich nehme an, daß die Aufklärung inzwischen auch bei ihnen angelangt ist. Wie geht es Otto?»

«Die Kanzlei ist ein einziges Durcheinander. Charlie Russel steigt aus dem Betrieb aus. Otto sagt nicht viel dazu. Charlie nimmt es sehr schwer.»

«Otto hat ihn doch nicht hinausgeschmissen, oder?»

Sophie zögerte. «Nein, das war es nicht. Sie sind nicht miteinander zurechtgekommen.»

«Na, dann ist das doch eine gute Sache, oder?»

«Ich weiß nicht. Sie haben lange zusammengearbeitet. Charlie scheint sehr verbittert zu sein. Er redet, als ob Otto ihn irgendwie betrogen hätte.»

«Das glaube ich nicht. Ich würde gar nichts von dem glauben, was Charlie sagt.»

«Du weißt gar nichts von ihm.»

«Dieses eine Wochenende, das ich mit euch allen in Flynders verbracht habe, hat genügt.»

«Du klingst wie Otto», sagte Sophie schnippisch. «Er denkt nicht mehr als insgesamt zwei Minuten über die Leute nach und vermutet dann, daß er über irgendeine übernatürliche Instanz zur vollkommenen Erkenntnis gelangt.»

«Vollkommene Erkenntnis!» wiederholte Claire lachend. «Klingt wie ein Bahnhof in North Dakota! Hör zu, so etwas behaupte ich nicht. Vielmehr habe ich Charlie überhaupt nicht verstanden – es war die Art und Weise, wie er sich anbot, wie eine Platte mit Antipasti, und dann zurücktrat, um zu beobachten, wie man sie verspeiste. Ich mochte ihn nicht. Seine Einstellungen waren tadellos, das ganze gute liberale Gequassel vor einem ausgebreitet, so beruhigend, so verlockend, so schmeichelhaft. Ich mag keine tadellosen Einstellungen.»

«Heilige Narren kommen nicht ins Paradies», sagte eine Stimme von der Decke herunter. Sophie blickte hinauf und sah Leon Fischer, der, gegen die Galerie gelehnt, mißmutig auf Claire heruntersah. Er war dick, seine Haut gelblich und sein Blazer zu eng.

«Komm runter, Leon», sagte Claire. «Komm und sieh dir Sophie an.»

«Ich kann sie von hier aus sehen», sagte Leon bissig. «Claire, ich habe eine Schachtel auf deinem Toilettentisch umgeworfen. Was für ein Wahnsinn hat dich denn jetzt schon wieder gepackt?»

«Was für eine Schachtel?»

«Voller schrecklicher Instrumente, klein wie Käfer. Sie sind alle unter das Bett und die Möbel gekullert. Ich habe angefangen, sie wieder einzusammeln, aber ich bin vor lauter Staub fast erstickt. Machst du denn hier nie sauber?»

«Nein, Leon.»

«Und was machst du mit all diesen unförmigen kleinen Hörnern und Flöten und Trommeln?»

«Ich spiele mit ihnen», sagte Claire freundlich. «Da ich mir keine großen leisten kann, habe ich kleine.»

Leon begann sehr langsam die Treppe herunterzugehen und hielt sich dabei am Geländer fest mit einer Hand, die so weich wie ein mit Wasser gefüllter Handschuh aussah.

«Wer ist ein heiliger Narr?» fragte Claire und beobachtete die Art, wie er sich nach unten bewegte, mit einem Blick großer Besorgnis, als wäre er ein Kind, das gerade seine erste Treppenerfahrung macht.

«Ich dachte an meinen Sohn. Wen Blake vor Augen hatte, weiß ich nicht.»

«Möchtest du einen Drink?»

«Nein. Was hast du mit dem Château Margaux gemacht?»

«Für ihn ist gesorgt.»

«Was hast du damit gemacht?» Er ging auf das Sofa zu wie ein Genesender nach einem chirurgischen Eingriff, sank neben Sophie hin und stieß einen gewaltigen, bebenden Seufzer aus.

«Arbeitest du gerade an etwas?» fragte Claire Sophie.

«Im Augenblick nicht. Vielleicht später.»

«Wie angenehm muß es sein, *nicht* an etwas zu arbeiten», sagte Leon. «Wie angenehm, zu lesen, nicht beeinträchtigt von irgendwelchen Zwecken. Sie müssen reich sein.»

«Ich habe keine ernsthafte Einstellung mehr zur Arbeit», sagte Sophie kühl. «Es ist keine Frage des Geldes.»

Leon hustete ein quietschendes Lachen aus. «Wenn Sie kein Geld hätten, würden Sie die Sache ernst nehmen», sagte er.

«Ich habe einen russischen Film gemacht», sagte Claire. «Gott sei Dank sind sie im Realismus steckengeblieben, stehen auf Zola. Untertitel für ihre Filme zu machen ist wie Titel für ein Kinderbilderbuch zu finden.»

«Ich stehe auf Zola», sagte Leon. «Ich stehe auf alles bis zum ersten Januar 1900. Was hast du mit dem Wein gemacht, Claire?»

«Warum versuchst du es nicht mit einer Übersetzung?» fragte Sophie Claire.

«Das dauert mir zu lange. Ich habe keine Geduld für irgend etwas außer Kochen. Und die Bezahlung ist eine Beleidigung.»

«Das kommt dir so vor, weil du reich bist. Die Reichen werden immer von Geld beleidigt ... Warum trägst du deine Haare im Afrolook, Claire? Warum zum Teufel reißt du dich nicht zusammen?»

«Geh zurück zu deiner idiotischen Frau, Alter», sagte Claire gereizt. «Hast du Hunger, Sophie? Ich habe ein tolles Essen zubereitet.»

«Ich sollte schon zu Hause sein», teilte Leon niemandem Bestimmten mit. «Ich sollte eine entsetzliche Magisterarbeit lesen. Eine wahre Qual für mich. Ihr könnt euch nicht vorstellen, was für eine Qual das ist ... Die Frau ist eine Lehrerin, die sich weiterbilden will, und sie haßt das Thema, das sie selbst ausgewählt hat, und sie haßt mich. Es ist alles ein einziger Betrug.»

«Als Leon und ich heirateten, vor Ewigkeiten», begann Claire, «haben wir viele Versammlungen besucht, und manchmal ging eine Versammlung in eine Party über, und ich saß Leon zu Füßen und hörte den Männern zu. Oh ... wie sie redeten! Es war, vermute ich, zivilisiertes Geplapper. Es hatte jedenfalls nichts mit dem zu tun, was ich je in Concord gehört hatte, wo ich aufgewachsen bin – und doch, woran ich mich erinnere, das einzige, woran ich mich erinnere, ist nicht, worüber sie alle geredet haben, sondern sind die Ehefrauen, vor allem die älteren, die wie Rentnerinnen auf ein paar persönliche Worte warteten.»

«Unsinn!» sagte Leon ungeduldig. «Du bist schrecklich sentimental. Du hast Intellektuelle immer gehaßt, weil sie dir das Gefühl gaben, nichtjüdischer Dreck zu sein!»

«Intellektuelle!» schrie sie. «Diese Dilettanten! Diese Blödmänner, die sich selbst verherrlichen!»

«Ach, Claire», protestierte er. «Sprich nicht so!» Er sah wirklich gekränkt aus.

«Schrei mich nicht an», sagte sie.

«Du machst mich wütend. Das waren ernst zu nehmende Leute –»

«Okay, okay, tut mir leid», sagte sie. Er schüttelte den Kopf. Sie sahen sich lange an, dann fragte Leon mit sehr leiser Stimme: «Hast du den Wein in den Eisschrank getan? Du wirst es nie kapieren. Ich bin sicher, daß du ihn in den Eisschrank gestellt hast.»

Claire machte ein böses Gesicht und bewegte sich in ihrem Sessel gerade so weit, daß sie den Eindruck erweckte, sie würde Leon den Rücken zukehren. «Geht ihr den Sommer über nach Flynders?» fragte sie Sophie.

«Ich glaube schon.»

«Ihr Mann ist Rechtsanwalt, oder?» sagte Leon. «Sie haben Kinder? Nein? Da sind Sie besser dran. Ich habe einen Sohn von meiner zweiten Frau. Du erinnerst dich bestimmt an sie, Claire.» Er kicherte leise. «Er ist zwanzig, mit dem Verstand eines Neugeborenen. Ich habe gestern einen Brief von ihm bekommen – er muß im Rinnstein eine Briefmarke gefunden haben –, den ich dummerweise vor meiner ersten Vorlesung – amerikanische Prosaliteratur des 19. Jahrhunderts – gelesen habe, und der wohl ... ein Gedicht gewesen sein soll. Über die große Einheit allen Seins – darüber sollten Sie übrigens Freuds Brief an Romain Rolland lesen –, über seinen Vater, der die Einheit allen Seins leugnet, über sein Gebet für seinen Vater, damit er von seinen bürgerlichen Zwängen befreit werde. Er glaubt, daß die Geschichte 1948, im Jahr seiner Geburt, begann. Ich habe versucht, ihm diesen Irrglauben auszureden, aber mein Wissen kann sich nicht mit seiner Ignoranz messen. Bei der leisesten Anspielung auf irgendeinen Gedanken von mir lächelt er mich milde an, so, als sei ich verdammt in alle Ewigkeit. Er trägt ein Gummiband um seine Haare, damit sie ihm nicht in die Augen fallen, wenn er die Wand vor sich studiert, wo seine Visionen aufsteigen, und er wohnt in einem grauenhaften Slumhaus in East Orange. Wenn er nur etwas retten wollte, die Welt, zum Beispiel! Aber er ist dumm, dumm. Und die einzige Grundlage seiner Privilegien, ich, muß für immer und ewig Vorlesungen über William Dean Howells halten, der mich zu Tode langweilt. Ist das vielleicht Gerechtigkeit?»

«Du hast kein Gedächtnis», sagte Claire traurig.

«Das ist alles, was ich habe!»

«1939 hast du in der Sixth Avenue Flugblätter verteilt. Es gab keine Frage, auf die du keine Antwort hattest.»

«Und du und ich, wir lebten zusammen», sagte Leon.

«Und wir haben nie über Liebe gesprochen.»

«Das war nicht nötig.»

«Wir hatten alle das gleiche Geschlecht», sagte sie, unbändig lachend.

«Ja, ja ...», rief Leon aufgeregt. «Niemand hat für uns bezahlt! Freitags bin ich in die Bronx gegangen und habe für meine Mutter die Kerzen angezündet und las in der U-Bahn, glücklich, gierig. Und ich habe für die Podjerskis gearbeitet und, obwohl sie mir kaum etwas zahlten, baten sie mich manchmal um Rat, weil ich aufs College ging! Sie tranken den ganzen Tag Tee, hinterließen ihre fettigen Fingerabdrücke auf den Gläsern und kannten alle ihre Angestellten beim Vornamen; bisweilen spielten sie Binokel mit dem alten Mann – ach, wie hieß er doch bloß? –, der die Revolverdrehmaschine bediente. Freitags schlossen sie den Laden früh, damit wir alle vor Sonnenuntergang nach Hause kamen. Einmal hatte ich vor ihnen eine Scheibe Salami mit einem Messer abgeschnitten, das ich gerade für Käse benutzt hatte, und sie schrien vor Entsetzen auf, hätten mich auf der Stelle gefeuert, wenn ich nicht zur Abendschule gegangen wäre.»

«Ich muß die *Potage Fontange* aufwärmen», kündigte Claire an. Sie band sich das Tuch um ihre Taille fest, das sich gelockert hatte, während sie rauchte und zuhörte; ihr Blick ruhte auf Leon, dann auf Sophie, mit geringem Interesse, wie bei jemandem, der nicht viel für Fische übrig hat, sich aber plötzlich in ein Aquarium gesperrt wiederfindet.

«Warum mußt du dich so anziehen!» rief Leon gereizt. «Mutter Fummelage! Glaubst du, Charakter sei eine Entschuldigung für alles? Ach, Sie hätten sie früher sehen sollen, Margaret ...»

«Sophie.»

«Sophie. Was für eine blauäugige Schönheit sie war! Und bewegte sich wie der Blitz, brachte leckende Toilettenspülkästen in Ordnung und wußte, wie man Stecker repariert, und ging mit dem Malerpinsel um wie ein Profi ...»

«Es war Kemtone», rief Claire aus der Küche. «Wir zogen in diese schrecklichen Zimmer mit kaputten Fenstern und aufgerissenem Linoleum auf dem Boden, Zimmerdecken in der Farbe verfaulter Pfirsiche ... Ich habe alles damit angemalt. Erinnerst du dich?»

«Damals konnte sie nicht kochen», sagte er. «Wir lebten von Makkaroni und Schinken aus der Dose und von was auch immer ich meiner Mutter klauen konnte, wie die Salami, die ich meistens zu Mittag aß. Was ist bloß aus uns allen geworden?»

«Wir sind alt geworden», sagte Claire aus der Küchentür.

«Und so viele sind schon tot.»

Sophie fühlte, daß sie in einem Aschenregen saß. Sie beugte sich vor, den Kopf gesenkt, die Augen halb geschlossen, und fühlte, wie die weiche Flut ihr bis zu den Knien stieg. Das Eis in ihrem Drink war geschmolzen. Leon wechselte schwerfällig auf dem Sofa neben ihr die Position. Plötzlich spürte sie seine plumpe Hand auf ihrer Schulter. Seine Finger bewegten sich mit der Unruhe älterer Menschen. Sie wandte sich ihm zu. Er sah sie flehentlich an.

«Sie sagt, es sei das Alter. Darüber will niemand sprechen, oder? Nein. Demütigungen der Gedärme. Mein eigener Körper hat sich gegen mich gewandt. Haben Sie gehört, wie sie dieses eine Wort aussprach? Mit dieser weiblichen Gemütlichkeit? In dem Versuch, es zu neutralisieren?» Seine Hand fiel von Sophies Schulter herunter.

«Dagegen kann man nichts tun», sagte Sophie, aber er hörte sie nicht, denn zur gleichen Zeit hatte er zu schreien angefangen. «Du hast mich nie beachtet!»

«Ich habe dich immer beachtet, Leon», sagte Claire, während sie ins Wohnzimmer zurückkam und sich die Hände bedächtig mit einem Handtuch abtrocknete. «Ich habe nur gerade nicht zugehört. Wir sind nicht mehr miteinander verheiratet.»

«Verdammt! Warum hast du nicht wieder geheiratet!»

«Ich hatte keine Lust», sagte sie lächelnd.

«Aha, endlich die Wahrheit!» rief er. «Hinter all dieser rasenden Energie, die ich für so bewundernswert hielt, steckt nichts als ungeheuerliche Faulheit. Man braucht Energie, um mit jemand anderem zu leben.»

«So zanken wir uns immer», sagte Claire zu Sophie. «Ignoriere es einfach, wenn du kannst. Beim gemeinsamen Kochen kommen wir gut miteinander aus.» Sie lächelte und kehrte in die Küche zurück.

«Das ist alles, was übriggeblieben ist», sagte Leon mit plötzlich schwacher Stimme. «Es ist von der Zivilisation übriggeblieben. Man nimmt den Rohstoff und wandelt ihn um. Das *ist* Zivilisation. Körperliche Liebe ist durch und durch rohes Fleisch. Deshalb sind jetzt alle so sehr damit beschäftigt. Mir hat ein Kollege, zehn Jahre älter als ich – als ob *jedermann* zehn Jahre älter sein könnte als ich! –, gesagt, daß die Rettung komme, wenn man die Schamgegend von Fremden anstarre, und die Freiheit erlange man, wenn man durch den Gebrauch einer Chemikalie jene Art ekstatischen Wahnsinns selbst herbeiführte, in dem ich fast meine ganze Jugend zugebracht habe, einen Zustand, den ich einzig der damaligen Stärke meines Körpers zuschreibe und der Überzeugung, die ich damals hatte, nämlich daß ich noch den Sozialismus in den Vereinigten Staaten erleben würde. Jetzt, wo meine Knochen schwach sind, ist mein Gehirn stärker. Ich erwarte ... nichts. Aber ich kann die groteske, verlogene, frömmlerische Art meiner eigenen, aus der Bahn geworfenen Altersgenossen nicht *ertragen.* Ein Mann, ein Star im Literaturbetrieb», – und hier brach er ab, lachte einmal auf, unterdrückte sein Lachen und schüttelte den Kopf – «ja, ja, ein Star, sagte mir, daß er nur bedaure, daß man die Pille nicht schon in seiner Jugend erfunden hat. Alle diese Frauen, die er hätte haben können! In diesem Zeitalter, in dem alle nur von Sex reden, ist das vielleicht die ganze Offenbarung, auf die mein Leben ausgerichtet war? Ich würde es in jedem Fall vorziehen, das Organ eines Pferdes zu betrachten. Es ist schöner, größer und komischer als irgend etwas, was ein Mitmensch vorzuzeigen hat. Es ist das Zeitalter von Babyscheiße, Liebling. Mach dir nichts vor. Meine Privatsphäre ist verletzt worden – was ich bewundert und worüber ich mein ganzes Leben nachgedacht habe, ist herabgesetzt worden. Arme Körper ... armes, übelriechendes, fettes Fleisch. Vielleicht geht es bergab mit uns, mit uns allen.» Er streckte die Hand aus und drückte ihr die Schulter. «Verstehen Sie mich?» fragte er.

«Ein wenig», sagte sie und betrachtete sein erschöpftes Gesicht und bemitleidete ihn für seine Schroffheit, die vielleicht nur eine alte Gewohnheit war, sich auszudrücken. Verstehen Sie mein Leiden? hatte er sie in Wirklichkeit gefragt. Sie beugte sich nur ein wenig zu ihm. Er tätschelte ihr die Schulter mit einer Art von Zärtlichkeit – vielleicht *war* es Zärtlichkeit, unbeholfen geworden infolge mangelnder Anwendung.

«Kommt und eßt meine wunderbare Suppe!» sagte Claire. Leon hielt Sophies Arm fest, und sie paßte ihre Schritte seinem zögernden Schlurfen an. Das Licht, das durch die Eßzimmerfenster fiel, war so trüb, daß es Gestalt zu haben schien. Auf dem nackten Tisch standen Suppenschalen mit Deckeln, die wie Artischocken geformt waren, und lagen große ausgebleichte Leinenservietten von blasser Apricotfarbe. Leon, der an der Spitze des Tisches stand, lächelte. Es war die Art unbewußten Lächelns, dachte Sophie, die in derselben Weise auf das Gesicht fällt wie ein Lichtstrahl.

Sie aßen die Suppe, und Leon fragte in einem Tonfall so freundlicher Erkundigung, daß Claire ihm einen argwöhnischen Blick zuwarf, wo sie den frischen Sauerampfer gefunden habe? Als sie fertig waren, brachte Claire pochierte Eier in zerlassener Butter und eine Flasche weißen Bordeaux herein. Nachdem eine Schale mit Obst in die Mitte des Tisches gestellt und der Espresso eingeschenkt worden war, schien Leon vor sich hin zu dösen.

«Er befindet sich im Stand der Unschuld», flüsterte Claire Sophie zu. Leon grinste schläfrig. Die Spuren von Überanstrengung rund um seine Augen waren vorübergehend verschwunden, und Sophie erkannte, wie er vor so vielen Jahren ausgesehen haben mochte, als er auf der Sixth Avenue Flugblätter verteilte. Sie griff nach einer Handvoll Trauben. Claire sah nach, was sie aus der Schüssel geholt hatte, und berührte mit einem rauhen Fingernagel Sophies Hand. «Was ist das?»

«Eine Katze hat mich gebissen.»

«Hoffentlich eine, die du kennst.»

«Eine Streunerin.»

«Hast du das untersuchen lassen?»

Sophie ließ den Stiel der Trauben los und zog ihre Hand zurück. «Es ist nichts», sagte sie.

«Mich hat einmal ein Lama gebissen», sagte Leon mit verträumter Stimme. «Widerwillig habe ich einmal Benny in den Kinderzoo mitgenommen, als er noch klein war – es war das, was damals von einem erwartet wurde –, und ein schmutziges, verrücktes Lama streckte den Kopf über den Zaun und stieß seinen Kiefer in meine Hand. Es war, als würde man von schmutziger Wäsche gebissen.»

«Katzenbisse sind immer gefährlich», sagte Claire.

«Es ist schon viel besser», sagte Sophie.

«Die Trauben sind sauer», beschwerte sich Leon.

«Zeig mal her. Wann ist das passiert?» wollte Claire wissen.

Sophie schüttelte den Kopf und sagte in entschiedenem Ton: «Es ist egal.»

«Du wirst wohl noch in Supermärkten Wurzeln schlagen, was, Claire? Mein Gott! Wenn ich so viel Freizeit hätte wie du, würde ich meine Einkaufstasche durch die ganze Stadt tragen, bevor ich mich mit sauren Trauben zufriedengäbe.»

«Ach, Leon, halt den Mund!»

Dafür, daß er am Rand des körperlichen Zusammenbruchs gewesen zu sein schien, stand er mit überraschender Energie vom Tisch auf. Er fing an, die Teller übereinanderzustapeln. Sophie schob ihren Stuhl zurück, bereit, ihm zu helfen. «Nein», sagte Claire, «rühr sie nicht an. Er macht das immer. Es ist Teil der Abmachung.»

Die beiden Frauen standen einen Augenblick am Fenster. Ein Lastwagen fuhr vorbei, ein Auto, dann ging ein Mann mit einem leeren Eimer vorbei; zwei kleine Frauen mit großen Hüten hielten sich fest untergehakt und bewegten sich herausfordernd durch unsichtbare Menschenmassen.

«Hast du hier in der Gegend eigentlich jemals Angst?»

«Nein», sagte Claire. «Ich habe vor so etwas keine Angst.»

«Überhaupt nicht?»

«Im Augenblick nicht. Jedenfalls nicht diese Woche.»

In der Küche knallten Teller. «Setzen wir uns hin», sagte Claire. Sie gingen ins Wohnzimmer zurück. «So ist es», sagte Claire. «Wenn jemand mich auf der Straße erschießt, geht es zack, zack, einfach so! Mir wäre das lieber, als in einem Operationssaal darauf zu warten, daß irgend jemand den Korridor vom Labor herunterkommt mit der scheußlichen Nachricht auf einem Stück Glas.»

«Dein Küchenschwamm sieht aus wie eine zerfressene Leber», rief Leon aus der Küche.

«Nimm dein Hemd», sagte Claire. Sie betrachtete Sophie, die hin und her rutschte und nicht wußte, warum sie sich so unbehaglich fühlte. Sie wußte, daß Claire gelegentlich dazu neigte, etwas orakelhaft daherzureden – so wie eine Schwindlerin, und war sie das nicht auch? Sophie war immer noch unruhig.

«Du hast so lange nicht angerufen», sagte Claire schließlich. «Ich habe mich gefragt, was mit dir los ist. Und du kennst mich, ich rufe nie jemanden an.»

«Ich weiß nicht. Mir war danach zumute, dich zu besuchen.»

«Ach, ich freue mich, dich zu sehen. Hier ist es ziemlich trostlos, und dich umgibt etwas Luxuriöses, etwas, was mich an schöne Dinge erinnert. Aber du bist so entrückt! Ich konnte es die ganze Zeit, während Leon und ich unsere verrückte Show abzogen, fühlen. Wir kennen uns jetzt schon eine lange Zeit. Bist du wieder mit diesem Mann zusammen? Kann mich nicht an seinen Namen erinnern. Vielleicht hast du ihn mir auch nie gesagt. Du warst so wütend, als ich dir sagte, daß er meiner Meinung nach ein Fiesling war.»

«Weil du der Meinung warst, daß das, was ich tat, schlecht von mir war ...»

«Schlecht, schlecht, schlecht», sagte Claire lächelnd. «Ja, das habe ich gedacht. Aber es war leicht für mich, das zu sagen. Ich habe nie ...» Sie zögerte und wandte sich zur Küche um, wo sie beide Leon mit der unbeirrbaren, beherrschten Wildheit eines tanzenden Bären aufräumen sahen. «Ich habe niemals so etwas erlebt», fuhr Claire fort. «Mit *ihm* bin ich dem vermutlich am nächsten gekommen.» Sie gestikulierte über ihre Schulter in Richtung Küche. «Und nicht, als wir verheiratet waren. Da nicht. Es muß dir lächerlich vorkommen ... Aber er rührt mich, verstehst du. Ich habe nicht das Gefühl, daß ich noch genug Zeit für irgend etwas anderes habe als für die Wahrheit ... über mich selbst. Ich glaube, mir hat Sex niemals wirklich Spaß gemacht. Ich werde dir etwas Lustiges erzählen. Manchmal schläft er hier mit mir. Wir liegen die ganze Nacht zusammen, die Arme umeinander geschlungen, und ich wache in der Nacht auf, und ich bin glücklich. Das ist so eine Art Liebe, oder, Sophie? Wir können einfach nur so sein, wie wir sind, miteinander. Wenn er nicht vorbeikäme, um mich zu besuchen, würde ich, so denke ich, davonfliegen wie die Samen einer Pusteblume. Manchmal, am späten Nachmittag, sitze ich stundenlang herum, bis der Abend kommt. Wenn es dunkel ist – nicht, daß es in der Stadt jemals wirklich dunkel sein könnte –, stehe ich auf und mache mir ein kleines Abendessen, ein Kotelett, ein paar tiefgefrorene Limabohnen. Wenn er hier ist, dann muß ich natürlich ein Gourmet sein. Tage wie Papiergirlanden. Alles, was ich habe, ist dieser alte Mann, den ich vor zwanzig Jahren fallenließ, nachdem er einen trotzkistischen Vamp namens

Carla geschwängert hatte.» Sie beugte sich mit plötzlicher Intensität vor. «Er hat Angst», sagte sie leise. «Er glaubt, daß einer seiner Studenten versuchen könnte, ihm Drogen zu verabreichen. Er sagt, sie würden ihm die ganze Zeit mit Drogen in den Ohren liegen. Jetzt hat er Angst, in der Cafeteria an der Universität einen Kaffee zu trinken. Er glaubt sogar, daß der Speisesaal der Fakultät gefährlich sein könnte. Kurz bevor du gekommen bist, hat er mir gesagt, er wisse jetzt, welch große Angst alte Damen davor hätten, vergewaltigt zu werden. Er sagt, er würde das genauso empfinden ...» Sie blickte zurück in die Küche. Ihre Mundwinkel waren nach unten gezogen. «Obwohl er, weiß Gott, ständig auf dem Trip ist, seit er diesen sexbeduselten Blaustrumpf geheiratet hat», sagte sie angewidert. «Ach ... du siehst, wie es steht. Ich habe bei dir angefangen und ende bei mir.»

Claire wartete, daß sie etwas sagte, aber Sophie schwieg verwirrt.

«Sophie?»

«Nein, nein. Es ist längst zu Ende», sagte Sophie. «Ich habe ihn einmal getroffen. Er war höflich. Das ist alles. Ich wollte dich sehen, und ich war dankbar, als du mich gebeten hast zu kommen. Ich vermute, daß ich von meinem Nichtstun deprimiert bin.»

«Wir haben beide keine Kinder», sagte Claire mit einer Spur Verwunderung in der Stimme.

Sophie lachte. «Nun hör aber auf!» sagte sie brüsk und revanchierte sich bei Claire mit irgend etwas, vielleicht damit, daß sie mitten in der Nacht mit einem Glücksgefühl erwachte.

«Na ja ... wie geht es Otto?»

«Das hast du mich schon einmal gefragt», erwiderte Sophie. «Es geht ihm eigentlich gut. Ich glaube, es geht ihm besser als manch anderen, vielleicht weil er nicht so sehr zur Selbstbeobachtung neigt. Er ist zu sehr damit beschäftigt, eine geheimnisvolle Ausdünstung zu bekämpfen, von der er glaubt, daß sie ihn ersticken wird. Er glaubt, Abfälle seien eine gegen ihn persönlich gerichtete Beleidigung, und er versucht immer noch, das Geschirr abzuspülen, ehe wir überhaupt mit dem Essen fertig sind.»

«So eine Gemeinheit!» rief Leon aus, der in der Tür stand und ein Glas abtrocknete. «Kein Wunder, daß Männer weinen.»

«Ich habe keine Männer weinen sehen», sagte Claire.

Aber Sophie verspürte ein Zittern, das sie ins Herz zu treffen schien. Sie wußte, daß ihr Gesicht rot und ihr Atem kurz geworden war. Sie hatte nicht so ... böse klingen wollen. Und gestern nacht hatte sie gewünscht, Charlie würde fortfahren zu behaupten, daß Otto unmenschlich, abgekapselt sei. «Es tut mir leid», sagte sie. «Leon hat recht. Wenn ich den Mund öffne, fallen Kröten heraus. Es tut mir leid.»

Leon sah erst überrascht, dann verlegen aus. Er hielt ein Glas in die Höhe. «Claire, so trocknet man ein Glas ab!» Aber es schwang kein schikanöser Ton in seiner Stimme mit. Claire murmelte etwas über ein Huhn, stand von ihrem Stuhl auf und ging in die Küche, und Sophie, der es widerstrebte, mit dem Echo ihrer eigenen Worte allein gelassen zu werden, folgte ihr.

«Ich sollte jetzt wohl besser gehen», sagte sie zweifelnd und sah Leon an, der eine Arbeitsfläche abwischte, und dann Claire, die auf ein großes, in einer Pfanne vor sich hin bratendes Huhn hinunterstarrte. «Du brauchst nicht zu gehen», sagte Claire über die Schulter.

«Was machst du zu diesem Vogel?» fragte Leon.

«Estragon und Sahne», antwortete sie.

«Wer kommt denn?»

«Edgar und sein neuer Freund, irgendein Friseur.»
«Darf ich bleiben?»
«Nein.»
«Mit was für miesen Leuten du dich umgibst! Und ich nehme an, du wirst diese Venusmuscheln servieren, die du so gefoltert hast, und *meinen Wein*!»
Claire, von deren Lippen schlaff eine Zigarette herabhing, besprenkelte das Huhn mit etwas Wasser; ein paar Ascheflocken der Zigarette schwebten hinunter, um sich mit dem Estragon zu mischen.
«Schwule!» rief Leon und spülte den Schwamm aus.
«Laß uns nächste Woche im Plaza Tee miteinander trinken», sagte Claire zu Sophie. «Ich mache mich fein, und wir sitzen im Palm Court und unterhalten uns über den Krieg und über Filme.»
«Frauen, die sich mit Homosexuellen herumtreiben, sind Spinnen», sagte Leon und berührte mit einem Finger sanft die Hühnerbrust.
«Danke für das Mittagessen, Claire. Es war nett, Sie zu sehen, Leon», sagte Sophie.
Leon lachte. «Es ist niemals nett, mich zu sehen», sagte er. Ein Büschel grauer Haare fiel über eines seiner mit Tränensäcken beschwerten Augen. Mit einer raschen Berührung schob Claire es über seine Stirn zurück. Er grunzte und verzog das Gesicht.
An der Tür sagte Claire: «Kümmere dich um dein Problem mit der Katze.» Sie reichte Sophie ihren Mantel. «Ist der schön! Woher ist er? Irland? Frankreich? Du trägst den Erdball auf deinem Rücken, Sophie. Vergiß nicht, mich anzurufen, und mach dir keine Sorgen wegen Charlie und Otto. Otto wird es besser gehen, wenn er allein ist. Da fällt mir ein ... Warte!» Und sie ließ Sophie abrupt stehen, eilte die Treppe hinauf, immer zwei Stufen auf einmal nehmend, und ihr Rock flatterte über ihren

weißen Beinen. Als sie zurückkam, hielt sie ein Buch in der Hand. «Otto hat es mir vor einem Jahr ausgeliehen. Sag es ihm nicht, aber ich habe es nicht zu Ende gelesen. Er hatte sich so gefreut, als ich sagte, daß es mich interessieren würde. Und es hat mich interessiert, damals. Ich habe es angefangen.» Sie überreichte es ihr. Es war *Das Gewohnheitsrecht* von Oliver Wendell Holmes junior.

Als Sophie es in Händen hielt, merkte sie, daß Otto ihr abhanden gekommen war, und das Buch war der einzige handfeste Beweis dafür, daß er immer noch irgendwo existierte. Vorahnungen und Traurigkeit erfüllten sie, und ihr an Claire gerichteter Abschiedsgruß war beinahe unhörbar.

Die Tür ging zu.

9

Sophie rannte die Treppe hinunter und durch die Eingangshalle und kam vor der Tür des Gebäudes zu einem atemlosen Stillstand. Eine Haarnadel, die sich gelockert hatte, rutschte am Rücken ihres Kleides entlang nach unten und fiel auf den Gehsteig. Sie sah auf ihre Uhr. Es war vier. Sie glaubte nicht, daß die beiden dort oben im ersten Stock über sie redeten. Ihr Besuch war für sie nur eine kleine Ablenkung gewesen, ja vielleicht sogar ein Ärgernis. Sie bemerkte, daß jemand sie beobachtete, blickte auf und sah einen alten Mann, der sie träge anstarrte. Ein grauer Pudel saß zu seinen Füßen. Wie bekannt ihr der Mann vorkam! Ein Charakterschauspieler? Eines jener vertrauten namenlosen Gesichter, die sie ein Dutzendmal gesehen hatte – der Herzog, *my Lord,* ist in den Händen der Franzosen. Sie lächelte ihn an, und er verneigte sich.

In einem Hotelfoyer am Central Park West fand sie eine Telefonzelle. Sie wählte Francis' Büro an. Natürlich war heute niemand da. Sie hatte ihrem kleinen Laster schon lange nicht mehr gefrönt. Wieder einmal bewegte sie sich mittels Telefonleitung zwischen den ramponierten Aktenschränken und den Bücherstapeln unter der Baiserdecke. Sie ließ das Telefon lange läuten. Dann wählte sie Charlie Russels Nummer. Ein Kind nahm ab. Sie erinnerte sich plötzlich wehmütig an die Russel-Kinder, kleine, braune Lästermäuler, während eines Sommerbesuchs Jahre zuvor in Flynders. «Spreche ich mit Stuart?» fragte sie. «Hier ist Sophie.»

«Okay», sagte der Junge. «Willst du meine Mutter?»

«Ja.»

Sie hörte ihn schreien: «Ma!» Er blies seinen Atem ins Telefon. «Moment.»

«Ja?» fragte Ruth.

«Hier ist Sophie.»

«Ja.»

«Wie geht es dir, Ruth?»

«Ausgezeichnet.»

«Ich rufe wegen dieses ganzen Ärgers an. Es tut mir so leid.»

«Was für ein Ärger? Was tut dir leid?»

«Charlie und Otto ... daß es alles aus ist.»

«Das würde ich nicht Ärger nennen.»

Sophie klammerte die Hand fester um den Hörer.

«Wie geht es den Kindern?»

«Den Kindern geht es fabelhaft.»

«Stuart klang schon so erwachsen.»

«Er ist erwachsen. Phantastisch. Diesen Sommer geht er wieder in das Tennis-Camp. Es ist unglaublich, wie es sein Selbstbewußtsein gestärkt hat. Es ist ein sehr seriöses Camp. Ich meine, der Direktor weiß, *worauf es beim Tennisspielen ankommt.* Drei Stunden auf dem Platz, dann eine Stunde konstruktive Kritik.»

«Und Bobby? Und Linda?»

«Bobby macht gerade eine kleine kleptomanische Phase durch. Das legt sich natürlich wieder.»

«Und Linda?» flüsterte Sophie.

«Großartig! Sie weiß genau, wer sie ist!»

«Ruth? Mir ist wegen dieses Bruchs so schrecklich zumute.»

Es folgte ein langes Schweigen. «Sie werden es besser haben», sagte Ruth endlich. «Ich habe immer gemeint, daß an ihrer gegenseitigen Abhängigkeit irgend etwas merkwürdig war. Sie sind jetzt große Jungen, weißt du, Sophie ... darfst sie keine Babys sein lassen. So was kastriert die Männer.»

«Und du? Geht es dir wirklich ausgezeichnet?» fragte Sophie.

Es klickte. Eine neue Münze war fällig.

«Könnten wir nicht mal zusammen Mittag essen gehen?» «Ich mache gerade eine Diät. Ich esse sowieso nichts mehr zu Mittag», sagte Ruth. Und dann sagte sie – oder sagte sie es nicht? – Sophie war sich nicht sicher, was sie wirklich gehört hatte, aber es klang wie: «Geh weg, Sophie.» Wie auch immer – die Verbindung war unterbrochen, und sie hatte keine Münze mehr.

Als sie nach Hause kam, ging Sophie direkt zum Telefon und rief ihren Arzt an. Er würde bis Dienstag zehn Uhr dreißig nicht in der Praxis sein. Der Anrufdienst konnte ihr keinen Rat geben. Sie konnte natürlich ihre Nummer hinterlassen, und wenn es ein Notfall war ... Sophie nahm die Gelben Seiten zur Hand und rief sechs Ärzte in ihrer Umgebung an. Keiner war zu sprechen. Eine Frau riet ihr, einen Polizisten zu fragen.

Sie schenkte sich reichlich Whisky ein und spülte ihn hinunter. Dann ging sie zur Hintertür. Die graue Katze lag zusammengerollt auf dem Rand der steinernen Schwelle, den Kopf zur Seite gelegt, und schlief.

Als Otto nach Hause kam, traf er Sophie ganz hinten, in einer Ecke des Wohnzimmers, an, wo sie, mit Licht und Schatten besprenkelt, in einem nur bei feierlichen Anlässen benutzten Sessel saß, den sonst nie jemand benutzte. Ihr Schweigen und der für das Abendessen gedeckte Tisch im Eßzimmer, den er durch die Wohnzimmertüren erspähte, wirkten wie eine effekthaschende Komposition, die man für irgendeinen Zweck arrangiert, aber in der Folge vergessen hatte. Er hatte den Eindruck, daß sie lautlos weinte und daß die Komponenten dieser verzweifelten Szene vielleicht zu seinem Wohl zusammengestellt worden waren, als häusliche Lektion, die ihm eine Entschuldigung entlocken sollte. Er sprach sie schroff an.

«Warum sitzt du hier herum wie ein von Gott und der Welt verlassenes Kind?»

Sie hielt ein Buch hoch. «Hier ist eine kleine Notiz am Rand, von dir geschrieben. Du mußt sie vor langer Zeit geschrieben haben. Die Tinte ist verblaßt, und deine Schrift sieht etwas anders aus. Aber ich habe sie erkannt. Sie hat mich daran erinnert, was für ein ernsthafter Mensch du bist. Sie lautet: ‹gesetzliche Grenzen der Haftung›. Hier. Claire hat es zurückgegeben.» Sie stand auf und ging zu ihm, schaltete unterwegs die Lampen ein und legte ihm das Buch in die Hand. Sie weinte nicht, der Eßzimmertisch war für zwei gedeckt, kein Bestandteil eines Bühnendekors, nur ein Detail ihrer Routine. Er dachte über das nach, was er glaubte, gesehen zu haben, den Blick eines Außenstehenden auf ihre Art zu leben, vielleicht ungenau beurteilt, aber eine Sekunde lang war er nicht darin verstrickt, war er nicht unempfänglich gewesen.

«Essen wir im Wohnzimmer», sagte er.

«Wenn du möchtest», sagte sie gleichgültig.

«Wie geht es Claire?»

«Wie immer», entgegnete sie. «Leon Fischer war da – erinnerst du dich an ihn? Vor langer Zeit mal ihr Mann.»

«Ich erinnere mich an ihn, diesen gelbhäutigen Mann, der nicht zuhört.»

«Otto? Die Katze ist wieder da ... an der Tür.»

«Die Katze!» Er rannte durch das Wohnzimmer in das Eßzimmer und zur Hintertür. «Mach sie nicht auf», rief sie. «Bitte nicht!»

Während Otto sich donnernd näherte, streckte sich die Katze und drückte das Gesicht ungeduldig gegen das Glas.

«Ich *muß* sie aufmachen», rief er und verwünschte die komplizierte Abfolge von Schritten, die notwendig waren, um die Tür aufzusperren – Haken, Schlüssel, hineinstecken, fassen, wieder umdrehen. Die Katze gähnte und beobachtete ihn, bis er seinen Fuß nach hinten zog, um ihr einen Tritt zu versetzen. Dann stob sie davon, die Treppe hinunter, und verschwand lautlos unten in der Dunkelheit.

«Otto, nach dem Abendessen gehen wir ins Krankenhaus.»

Er wandte sich rasch zu ihr. «Wir gehen *jetzt*», sagte er zornig, bange.

«Nein. Nachdem wir gegessen haben.»

«Dann ist es wohl schlimmer geworden?»

«Nicht schlimmer. Aber auch nicht besser. Heute morgen dachte ich, es wäre besser geworden.» Sie wirkte ruhig, resigniert, doch ihre Stimme war schwach und so zersplittert, als versuche sie nur, einen inneren Bruch zu verbergen. Er legte seine Hand auf ihren Arm. Sie entzog sich ihm.

«Es ist nur ein Biß», sagte sie.

«Du bist so besorgt.»

Sie aßen im Wohnzimmer von Tabletts. Otto hatte Angst, etwas vom Essen auf die Ghom-Brücke zu verschütten, und mußte sich zu weit vorbeugen, um seinen Teller zu erreichen. Das Zimmer wirkte etwas feindlich, als würde es ihnen seine Zweckentfremdung übelnehmen. Otto verspürte einen diffusen Zorn über die unumgängliche Macht der Gewohnheit. Warum zum Teufel konnte er nicht vom Boden essen, wenn er wollte? Doch er wußte, was ihn gereizt hatte, war der Verstoß gegen seine eigene Vorstellung dessen, was sich schickte.

«Es war eine dumme Idee», räumte er widerstrebend ein.

«Ich vermute ...»

«Ich weiß nicht, was ich mir dabei gedacht habe.»

Sie lachte kurz auf, zwei Noten, spitz wie Zinken.

«Was ist daran so komisch?»

«Nichts. Hast du Charlie gesehen?»

«Ich habe seine Spuren gesehen. Er hat eine Packung Kaffee auf dem Teppich in seinem Büro verschüttet, während er ein paar Bücher zusammenpackte.» Er sah sie durchdringend an, als versuche er, ihre Empfänglichkeit für das abzuschätzen, was er sagen würde; dann stellte er sein Tablett ab. «Ich frage mich, worüber du tatsächlich mit ihm gesprochen hast.» Der milde, grüblerische Tonfall, in dem er die Frage stellte, ließ ahnen, daß er keine Antwort erwartete.

«Er war betrunken und dumm und hat über sich geredet. Eigentlich hat er sich über alle beschwert. Über Ruth, seine Kinder –»

«Wie sind wir nur an so einen Ort gelangt», sagte er verzweifelt, und eine erstaunte Sekunde lang glaubte Sophie, er meinte das Wohnzimmer, und daß sein Impuls, dort zu essen, eine Verirrung war, gegen die er jetzt protestierte. Aber dann knallte er sein Tablett auf den Couchtisch, redete heftig weiter und ließ seinen rastlosen Blick über sie, den Boden, die Bücher schweifen. Seine Hände waren in seinem Schoß fest ineinander verschränkt.

«Wir haben uns geeinigt», sagte er. «Wir haben uns geeinigt, daß es am besten wäre, die Partnerschaft aufzulösen. Wir waren vernünftig, sogar Charlie ... wir haben uns zusammengesetzt ... darüber diskutiert, wie wir vorgehen würden. Am nächsten Tag, gleich am nächsten Morgen, trat seine Bitterkeit zutage, und es fing mit diesen Beschuldigungen gegen mich an. Es ist wie eine Vergeltung, als wollte er mich bestrafen. Es war nicht meine Idee gewesen, die Sache zu beenden. Charlie war derjenige, der so *radikal* war. Ich wußte, daß es Schwierigkeiten gab. Du *wußtest*, daß ich das wußte! Es gibt sie immer. Und ich weiß, daß irgend etwas in mir versagt, daß ich nicht mehr Gefühl für das aufbringe, was Charlie bekümmert. Aber ich denke darüber nach. Gerechtigkeit ist mir nicht egal ... überhaupt nicht egal. Aber Charlie hat an mich hingemault. Er sagte, er könne an der Art, wie ich seine Mandanten anschaute, sagen, daß ich nur *Verachtung* für sie übrig hätte. Mein Gott! Dabei war es *Charlie*, den ich verachtete.»

«Warum?»

«Weil er es nicht ernst meint», sagte er leidenschaftlich. «Weil er von irgend etwas eingeholt, geschluckt werden möchte, damit er über nichts *nachzudenken* braucht. Und dieser unbewußte Verrat ist das, was er mir anzutun versucht!»

«Was macht er?» rief sie.

«Die Art, wie er die Mandanten über unseren Bruch informiert ... die Art, wie er sich mir gegenüber vor den Angestellten verhält. Letzte Woche hat mich ein Mann angerufen, jemand, den ich seit Jahren vertrete. Ich hatte einige seiner Probleme Charlie übergeben, nichts Kompliziertes, aber Langweiliges aufgrund der Routine. Ich hatte zu der Zeit zuviel auf meinem eigenen Schreibtisch liegen. Charlie übernahm es, bereitwillig, wie ich dachte. Nun, der Mann sagte mir, Charlie habe ihm mitgeteilt – o ja, sehr vorsichtig –, daß ich meine Arbeitskraft in die finanzkräftigen Mandanten investieren würde, dorthin, wo die fetten Honorare winkten, und daß er vermute, ich hätte persönliche Schwierigkeiten, weil ich so viele Routinearbeiten in der Kanzlei vernachlässigte, daß ich den

Sekretärinnen erlaubte, verfahrenstechnische Angelegenheiten zu bearbeiten, an die ich sie in Wirklichkeit natürlich nie heranlassen würde, wie er sehr wohl weiß, und daß er meine, ich sei in diesem letzten Jahr sehr zerstreut gewesen – Charlie deutete sogar an, daß es sich um etwas Gesundheitliches handeln könnte –»

«Du hättest schnurstracks zu Charlie gehen und ihn zur Rede stellen sollen!»

«Du verstehst nicht. *Er* war so schwammig, und außerdem war der Mandant so nervös, daß ich erst später, als ich darüber nachdachte, merkte, daß mich an dem Gespräch etwas verblüfft hatte, irgend etwas, was Charlie im Schilde führte. Dieser Mandant will bei mir bleiben. Aber Charlie hat ihn verunsichert. Es ist sehr wirksam, die Leute zu verunsichern. Sie haben das Gefühl, daß etwas nicht stimmt, und wünschen eine Veränderung, selbst wenn es ihren Neigungen widerstrebt. Ich glaube, er hat das mit allen so gemacht, aber er ist dabei so vieldeutig gewesen, daß ich nicht weiß, wie ich ihn überführen könnte.»

«Doch wenn er gesagt hat, daß du tatsächlich krank bist?»

«Das hat er aber nicht getan. Er verpackt es in ein allgemeines Gespräch, nicht die geschäftliche Seite, sondern den sozialen Aspekt ... verstehst du. So hat er zum Beispiel jemandem erzählt, er würde versuchen abzunehmen, und dann bemerkt, daß ich recht viel Gewicht verloren hätte, ohne eine Diät zu machen. Tatsächlich sei ich mager, sagte er, und er wünsche, er wäre es auch. In bezug auf Geld sprach er einfach über Steuern und sagte, er und ich wären besorgt über den Steuerberater, den wir jahrelang beschäftigten. Und wozu das Ganze? Nun, Charlie sagte, die Kanzlei habe in den beiden letzten Jahren einen etwas anderen Typ von Mandanten angenommen. Verstehst du? Vage Andeutungen, gerade genug, um die Leute zu verunsichern. Dieser arme Mann, der mich letzte Woche anrief, wußte nicht einmal, was Charlie ihm da eingeflößt hatte. Es kostete mich eine halbe Stunde, um alles aus ihm herauszukriegen, und unterdessen haben sich die verdammten Anrufe bei der Rezeption gestaut. Es war die Sache mit der Behauptung, daß ich mager sei – so willkürlich, aber so überzeugend. Da hat er es zu weit getrieben. Er ist scharfsinnig und bildet sich etwas darauf ein, aber plötzlich verdummt er und läßt sich von seiner eigenen Schlauheit überrollen.»

«Du hättest zu ihm gehen und ihn zusammenschlagen sollen», sagte sie wütend. «Aber du läßt ihn so davonkommen!»

«Das kann ich nicht tun», sagte er.

«Warum kannst du das nicht!?»

«Ich bin zu alt, um so zu tun, als würde das etwas ändern.»

«Aber bist du nicht wütend? Wie kannst du nicht wütend sein?»

«Nein», sagte er und seufzte. «Ich habe keine Wut. Aber ich kann so nicht leben ... und alle verdächtigen.»

«Du meinst mich.»

«Ich möchte ihn aus der Kanzlei draußen haben. Er schert sich einen Dreck um unsere Freundschaft, unsere harte Arbeit, unsere gemeinsame Geschichte.»

«Wolltest du sagen, daß du mich verdächtigst?»

«Nein, nein ... Ich habe mich bloß gefragt, worüber ihr beide euch unterhalten habt.»

Sie sah ihn herausfordernd an. «Er hat gesagt, du seist kalt und würdest auf seine Mandanten herabsehen, seine ‹schwarzen Tagelöhner› nannte er sie. Er sagte, er würde dich gern haben und du würdest ihn wie einen Dienstboten behandeln. Ich habe dich nicht so verteidigt, wie ich es hätte tun sollen. Ich weiß nicht, warum ich es nicht getan habe. Vielleicht weil ich ihn so lange kenne und die ganze Angelegenheit so merkwürdig privat war, wie ein Bruder, der sich über den anderen beklagt.»

«War es das?» fragte er, die Augen starr auf sie gerichtet. Sie drehte den Kopf rasch um. In diesem Augenblick läutete es an der Tür. Für die Zeugen Jehovas war es schon zu spät am Tag. Sie standen beide auf, als die Glocke wieder klingelte, ein langes, forderndes Läuten. Wie ängstlich wir beide sind, dachte sie, wie Leute, die auf schlechte Nachrichten warten. «Ich gehe schon», sagte er.

Die Tür öffnete sich einem Plapperschwall. Die Stimme eines Mannes hob und senkte sich in hysterischen Tönen. Otto kam wieder in Sicht, gefolgt von einem jungen Neger, der mit den Händen wedelte. Er hatte seinen Kopf in einen extrem schiefen Winkel gelegt, und es war ein Wunder, daß ihm das Leopardenfellkäppi, das er trug, nicht herunterfiel. Ein leuchtend roter Schal, der durch die Schulterschlaufe seines Armeehemdes gebunden war, schleifte hinter ihm auf dem Boden.

Raub und Mord erschienen in zwei kurzen Szenen vor ihr, an- und ausgeklickt wie auf eine Leinwand projizierte Bilder.

« . . . will nur Ihr Telefon benutzen, Mann. Jeder hier in der Gegend glaubt, schwarze Männer sind *Killer*! Mein Gott! Sie haben mich ihre Treppen runtergeschoben. Ich habe dieses Telegramm bekommen, ich habe versucht, es den Leuten zu *erklären*, und mein Zimmergenosse und ich haben kein Telefon, daß meine Mutter einen Schlaganfall hatte. Sie lebt im Norden des Staates New York, und ich muß dort hinauf. Ich muß am Bahnhof anrufen, herausfinden, wann der Zug abfährt. Ich habe noch nie so unfreundliche Typen gesehen, wissen Sie. Mann, ich habe

Probleme, und niemand will einem Mann mit Problemen helfen, wissen Sie? Ich wohne nur ein paar Blocks von hier, und ich kann nicht rechtzeitig an ein Telefon heran! Mrs. Villela hat heute abend ihre Bodega früh geschlossen, und sie läßt mich sonst immer ihr Telefon benutzen. Kennen Sie Mrs. Villela? Also, bitte –»

«Ja, ja», sagte Otto. «Benutzen Sie das Telefon. Immer mit der Ruhe. Es ist hier drinnen.»

Beide Männer verschwanden. Ungefähr eine Minute später hörte Sophie den Neger mit derselben hohen, fordernden, monotonen Panikstimme nach Zugabfahrtszeiten und nach dem Fahrpreis fragen. Nach einer kurzen Stille hörte sie Flüstern. Plötzlich erschien der Neger im Flur vor dem Wohnzimmer. Mit einer theatralischen Geste riß er sich sein Käppi herunter, lächelte sie ungebärdig an und nickte heftig.

«Sie haben einen anständigen Mann hier, Ma'am. Einen anständigen Mann. Oh, ich danke Ihnen beiden dafür! Es gibt noch ein paar Leute auf der Welt, die nicht verrückt sind, und dafür danke ich Ihnen und Ihrem guten Mann hier.» Er entschwand wie ein Tänzer, der seinen Auftritt beendet. Otto blickte hastig zu ihr hinein und folgte dem Mann bis zur Tür. «Anständig!» hörte sie ihn nochmals rufen. «Ein anständiger Mann ...»

Otto wirkte aufgeregt, als er mit einem Stück braunem Papier in der Hand ins Wohnzimmer zurückkehrte.

«Ich habe ihm elf Dollar gegeben», sagte er. «Das hätte ich nicht tun sollen. Er sagte, er brauche das Fahrgeld und sei gerade knapp bei Kasse. Er hat wirklich mit dem Grand Central telefoniert. Ich habe sogar die Stimme des Dispatchers vom Bahnhof gehört. Er hat gesagt, er würde es mir zurückgeben, sobald er zurück sei und sich wieder gefangen habe. Schau. Hier hat er seine Adresse aufgeschrieben.»

Sie starrten beide auf das Stück Papier, das aus einer Gemüsetüte herausgerissen war. «Ich kann es nicht lesen», sagte Otto.

«Hier steht Arthur Weinstein», sagte sie. «Aber den Straßennamen kann ich nicht lesen. Hat er gesagt, daß das *sein* Name ist?»

«Der seines Zimmergenossen», sagte Otto. «Seinen eigenen wollte er nicht aufschreiben, vermute ich.»

«Vielleicht hat er gedacht, er würde nicht zählen», sagte sie.

«Das würde ich nicht sagen», sagte er süffisant. «Ich würde sagen, er ist außergewöhnlich pfiffig.»

«Aber seine Geschichte könnte wahr sein.»

«Glaube ich nicht.»

«Aber es ist keine so absonderliche Geschichte, Otto. Sie ist alltäglich. Und was ist, wenn sie nicht wahr ist? Was sind schon elf Dollar?»

«Du meinst, *sie* sind nicht verantwortlich zu machen?»

«Das habe ich nicht gemeint. Ich habe gemeint, wenn du jemandem etwas gibst, dann gib es ihm.»

«Er hätte es nicht besser machen können, wenn er ein Schießeisen in der Hand gehalten hätte.»

«Er hätte es noch viel besser machen können. Ach, was regst du dich auf?»

«Es war mir peinlich, für uns beide, für ihn und für mich. Aber es war eine gute Lügengeschichte ..., weil sie so alltäglich war. Er hatte sogar einen Ort ausgewählt, nach dem er sich erkundigte.»

«Was veranlaßt dich zu glauben, daß er gelogen hat?»

«Vermutlich meine Vorurteile», sagte Otto.

Sie ging nach oben, um ihre Geldbörse zu holen und die Schuhe zu wechseln. Jetzt hatte sie nichts anderes mehr im Sinn als das Krankenhaus.

10

Am Informationsschalter des Krankenhauses sagte ihnen eine verstaubte alte Angestellte, sie sollten auf die Straße zurückgehen und zur Notaufnahme einen Block weiter gehen. Von hier aus gebe es keinen Zugang, sagte sie. Sie hatte die vorgetäuschte Hilflosigkeit einer Stewardess. Ihr Lächeln verbarg vor Sophie nicht, was sie dachte: Notfälle gehörten in der Hierarchie der Krankheiten zu einer niederen sozialen Stufe. Sie verließen die Rezeption rasch, beide in dem unangenehmen Bewußtsein der besonderen klaustrophobischen Wärme, welche das natürliche Klima von Krankheit zu bilden scheint.

Die Nacht war rauchig und feucht; sie gingen durch einen Dunst, der wie Schweiß auf einer unsichtbaren Oberfläche war. An der Tür zur Notaufnahme stand ein Polizist auf einem Bein, den anderen Fuß gegen die Ziegelmauer gestemmt, mit ausdruckslosem Gesicht. Sie drückten die gummigeränderten Türflügel auf und fanden sich in einem langen Korridor wieder, an dessen Ende sich ein erhöhter Tresen, ähnlich einem Kassierertisch in einem Restaurant, befand. Dahinter saß ein Mann, der damit beschäftigt war, wichtigtuerisch einige Zettel auf einem Klemmbrett zu studieren. Gleich hinter seinem Rücken war der Eingang zu einem Warteraum. Obwohl er nicht aufblickte, als sie näherkamen, war klar, daß er sie bemerkt hatte. Sein Kopf begann eine kleine, widerwillige Seitwärtsbewegung, bis er sie schließlich mit einem resignierten Seufzer direkt ansah. Er hatte einen mit Bleistift nachgezogenen Schnurrbart und einen ekelhaft schütteren Haaransatz, an einer Stelle kahl, dichte Haarbüschel an einer anderen.

«Ja?» sagte er. «Name?»

Bevor Sophie oder Otto antworten konnten, läutete das Telefon auf dem Tisch. Der Mann nahm den Hörer ab und begann eine lange, phlegmatische Unterhaltung Gott weiß mit wem – unterbrochen von häufigen Lachanfällen, bei denen seine Oberlippe verschwand und die schwarze Linie seiner Schnurrbarthaare sich dicht über seine kleinen Zähne schob. Die Bentwoods standen da, das Kinn auf der Höhe des Tischs, und als Sophie sich einmal umwandte, um Otto einen hilflosen Blick zuzuwerfen, fragte sie sich, ob auch sie so verkürzt aussah.

Endlich legte er den Hörer auf. «Name!» verlangte er böse, als hätten sie schon vor Stunden antworten sollen. Otto nannte ihren Namen, Adresse und Telefonnummer in einem Tonfall aristokratischer Frostigkeit, doch als der Mann fragte, ob sie eine Krankenversicherung hätten, schlug Otto so brutal gegen seine Taschen, als würde er einen Raubüberfall auf sich selbst verüben. Schließlich zog er eine kleine Karte mit ihren verschlüsselten Daten hervor.

«Also», sagte der Mann und blickte von dem Formular auf, in das er die Personalien der Bentwoods eingetragen hatte. «Was fehlt Ihnen?»

«Eine Katze hat mich gebissen», erwiderte Sophie.

«Aha!» bellte der Mann. «Und wohin hat diese Katze Sie gebissen?»

«In die Hand.»

«Welche Hand?» fragte er mit ostentativer Geduld.

«Die linke Hand.»

«Wann?»

«Freitag.»

«Freitag! Sie wollen sagen, sie hat Sie am Freitag gebissen?»

«Ja.»

«Sie hätten nicht so lange warten sollen. Gehen Sie und setzen Sie sich ins Wartezimmer. Sie werden aufgerufen.» Er nahm den Hörer wieder auf, und Otto und Sophie trotteten schlapp in den Warteraum.

Er war wie eine Bushaltestelle, ein verlassenes Gelände, die Gänge in den Waggons alter Züge, U-Bahnsteige, Polizeistationen. Er vereinigte in sich die Flüchtigkeit, die chaotische Atmosphäre einer öffentlichen Endstation mit der unmittelbar empfundenen Angst auf dem Weg in die Katastrophe.

Der Raum war ein totes Loch, das nach Kunstleder und Desinfektionsmitteln roch; beide Gerüche schienen von dem kaputten, zerkratzten Kunststoff der Sitze auszugehen, die drei Wände säumten. Es roch nach der Tabakasche, von der die beiden metallenen Standaschenbecher überquollen. Am Chromrand des einen glomm ein Zigarettenstummel, feucht wie ein gekautes Stück Rindfleisch. Es roch nach Erdnußschalen und den eingewachsten Bonbonpapieren, mit denen der Boden übersät war; es roch nach alten Zeitungen, trocken, tintig, erstickend und leise an ein Urinal erinnernd, es roch nach dem Schweiß von Achselhöhlen, Leisten, Rücken und Gesichtern, der ausgetreten war und in der leblosen Luft trocknete, es roch nach Kleidern – Reinigungsflüssigkeiten, die sich im Stoff eingenistet hatten und in der warmen, süßlichen Luft schrecklich aufblühten und wie Dornen in die Nase stachen – all die Absonderungen menschlichen Fleisches, ein Bouquet animalischen Seins, das herausfloß und trocknete, aber einen eigenartigen und unauslöschlichen Geruch von Verzweiflung in dem Raum hinterließ – so, als würde Chemie in Geist umgewandelt, eine Art Himmelfahrt.

An der vierten Wand stand ein langer, wackliger Tisch, auf dem ein paar zerfetzte Zeitschriften herumlagen. Die Seiten eines Heftes flatterten in einem Schwall von Heißluft, die aus dem Schlitz einer von der Decke herabhängenden Metallkiste kam. Das Licht aus den in die Decke eingelassenen Scheinwerfern war so unangenehm und blendend wie der Atem von Kranken.

In diesem Raum fand eine unterschwellige Verwechslung von Sinneswahrnehmungen statt. Geruch wurde Farbe, Farbe wurde Geruch. Stumme starrten Stumme so konzentriert an, als würden sie mit ihren Augen hören, und das Gehör wurde unnatürlich scharf, wartete aber doch nur auf die vertrauten Silben von Familiennamen. Der Geschmackssinn erstarb, Münder öffneten sich in der negativen Schläfrigkeit des Wartens.

Zwei Kinder lagen schlafend auf den Sitzen. Ihr Vater, den Kopf zurückgelehnt, den Mund leicht geöffnet, stöhnte regelmäßig. Seine Frau kauerte neben ihm, ein Tuch um den kleinen Kopf gebunden, ihre Beine, bedeckt mit schwarzen Haaren, berührten nicht ganz den Boden. Sie war klein und dunkel und verwachsen und wirkte so beklommen, daß sie die einzige Person in dem Raum zu sein schien, die in ihm Zuflucht genommen hatte – als wäre sie von einem noch bestürzenderen Ort gekommen. Neben ihr saßen dicht aneinander gedrängt drei Männer, von denen jeder einen schwarzen Hut mit schmaler Krempe aufhatte. Der mittlere trug einen Arm in einer primitiven Schlinge und hielt seinen Blick auf die Wanduhr gerichtet, beobachtete starr den Sekundenzeiger, während dieser eine rasche Runde nach der anderen drehte. Den dreien gegenüber saß eine ältere, gut gekleidete Frau mit einem dick bandagierten Bein. Sie spielte geistesabwesend mit dem gebogenen Griff eines schwarzen Stocks und stieß ihn einmal gegen einen der

Standaschenbecher. Der stöhnende Mann schob plötzlich den Kopf vor, umklammerte seinen Bauch und sah sie finster an. Die alte Frau zog ihren Mund wie eine Girlande zusammen und klopfte wieder – ganz leicht, aber diesmal absichtlich – gegen den Aschenbecher.

«Komm, wir gehen», flüsterte Sophie eindringlich. «Ich gehe am Dienstag zu Noel. Jetzt ist es sowieso schon egal. Wir brauchen hier nicht herumzusitzen.» Otto packte ihren Unterarm und drückte ihn heftig. «Reiß dich zusammen!» forderte er durch zusammengebissene Zähne. «Reiß dich zusammen!» wiederholte er. «Alle anderen tun es auch.»

Eine oder vielleicht zwei Stunden später wurden die Kinder von ihrer Mutter aufgeweckt, als diese versuchte, ihren Mann in den Behandlungsraum zu begleiten. Ihr Mann, der eine Minute lang seinen Bauch losließ, schob sie auf die Bank zurück. Das ältere Kind, ein Mädchen, kicherte und schlug ihrem Bruder in den Nacken. Er begann laut zu heulen, und die Frau hielt sich die Backe, als habe sie Zahnschmerzen. Dann stand sie wieder auf. Der Mann sprach schnell auf Spanisch auf sie ein, während die Krankenschwester, die gekommen war, um ihn abzuholen, mit enervierender Geduld zusah. Nur Sophie sah auf das weinende Kind, den Mann, der jetzt zu schreien anfing, die störrische Gestalt der kleinen Frau. Die übrigen Versehrten wandten ihre Augen von der Szene ab; ihre Aufmerksamkeit konzentrierte sich weiterhin auf den Sekundenzeiger der Uhr, den schwarzen Stock, die Zeitschriftenseiten, die von der Heißluft aus dem Schlitz umgeblättert wurden.

Schließlich sank die Frau auf die Bank zurück. Der Junge legte seinen Kopf in ihren Schoß und wischte sich die Nase an ihrem Rock ab. Bald darauf kam der Mann zurück, winkte mit einem Stück Papier und hatte einen tyrannischen Ausdruck von Fröhlichkeit auf dem Gesicht. Die Frau mit dem Stock wurde aufgerufen und hinkte schließlich auf ihrem Weg hinaus wieder durch das Wartezimmer, mit einer neuen Bandage um ihr Bein. Die drei Männer blieben sitzen, schweigend und ausdruckslos, und sahen aus wie Statisten auf einem Set, die man engagiert und dann vergessen hatte.

«Was würde passieren, wenn jemand verblutete?» flüsterte Sophie. Otto antwortete nicht. Er war eingeschlafen, das Kinn in den Kragen gesunken.

«Mrs. Bentwood!» rief die Schwester von der Tür aus. Otto sprang auf die Füße. Vielleicht hatte er doch nicht geschlafen, dachte Sophie, sondern nur so getan, weil er sie nicht ertragen konnte, kein weiteres Wort von ihr ertragen konnte. «Du brauchst nicht mitzukommen», murmelte sie. «Los!» sagte er und packte ihren Arm.

Der Behandlungssaal war durch weiße Vorhänge, die auf Schienen hin- und herliefen, in Kojen unterteilt. In der Mitte des Raumes stand eine große U-förmige Theke, vollgepackt mit Krankenakten, Flaschen, Retorten, mehreren Telefonen und einer kleinen, eingebeulten Kaffeekanne. In dem Raum befanden sich mehrere Patienten, die schon lange dort sein mußten. Eine alte Frau tauchte ihre Hand in ein Waschbecken mit seifiger Flüssigkeit, starrte dabei geradeaus und biß sich auf die Unterlippe. Die dünnen weißen Haare auf beiden Seiten ihrer Stirn hoben und senkten sich, während zwei Krankenschwestern vor ihr hin und her liefen. Ein Mann mit einer blutigen, klaffenden Wunde am Bein starrte auf diese, ebenso wie ein dunkelhäutiger junger Arzt, der vielleicht aus Westindien kam. Gegen einen Heizkörper gelehnt, redete ein zahnloser Krankenhauswärter mit aufgeknöpftem Jackett auf eine Krankenschwester, die eine Subkutanspritze aufzog, ein und grinste sie anzüglich an. Die

Schwester, die die Bentwoods hereingeführt hatte, ließ die beiden stehen und verschwand hinter einem Vorhang. Pfleger bewegten sich gleichgültig um sie herum. Aber nach der Trostlosigkeit des Wartezimmers hatte dieser Raum eine eindrucksvolle Atmosphäre, die einen geradezu willkommen hieß. Hier gab es Gespräche, Arbeit, Lösungen.

Ein schwarzer Krankenpfleger, ein stämmiger Mann mit eckigem Kopf, einer Haut von der Farbe dunklen Bernsteins und kleinen strahlenden Augen, die aus einem Netz roter Äderchen heraus funkelten, ging auf Sophie zu und betrachtete sie nachdenklich.

«Okay, Honey», sagte er. «Also, du bist diejenige, die von einer Katze gebissen wurde, stimmt's? Also, zeig's mir, Honey.»

Während sie die Hand ausstreckte, stieß der Mann mit der Wunde am Bein einen kurzen, rostigen Schrei aus, als habe er erst in diesem Augenblick begriffen, daß er das Recht hatte aufzuschreien. «Nein, nein ...», sagte der Arzt leise.

«Ich nehme dir diese Hand schon nicht weg», sagte der Neger besänftigend. Sie verspürte diese uralte Beruhigung, die sie früher einmal für die natürliche Eigenschaft dunkelhäutiger Menschen gehalten hatte – als wären sie überlegene Betreuer schwachen weißen Fleisches. Ihre Hand hielt auf halbem Weg zwischen ihnen inne; sie sah ihn durchdringend an, nahm eine Sekunde lang die Existenz einer Welt unbekannter Meinungen über sie selbst, über ihre Kleider und ihre Haut und ihren Geruch wahr. Dann stieß sie ihm ihre Hand entgegen. «O ja», sagte er nachdenklich. «Ich sehe schon.»

Eine Krankenschwester mit einem Gesicht, das aussah, als hätte es ein Kind mit einem rosaroten Buntstift gezeichnet, schielte über die Schulter des Negers auf

Sophies Hand, sagte dann etwas zu einem Pfleger, der neben dem Schalter stand. Dieser griff nach dem Telefon und wählte eine Nummer.

«Wir müssen es melden, wissen Sie», sagte die Schwester.

«Es melden?» echote Otto.

Die Beunruhigung in seiner Stimme verstärkte Sophies eigene Unruhe, und sie rückte mit einem unbehaglichen Gefühl von ihm ab.

«Was wollen Sie damit sagen?» fragte sie die Schwester spitz.

«Der Polizei. Selbstverständlich müssen wir es melden. Alle Tierbisse.» Sie schüttelte streng den Kopf, dann wiederholte sie: «Wir müssen es melden.»

«Wie heißt sie?» fragte der Pfleger ungeduldig. Die Krankenschwester hob ein Stück Papier hoch. «Mrs. Sophie Bentwood», erwiderte sie, buchstabierte den Namen und nannte die Adresse. Dann wandte sie sich wieder Sophie zu.

«Also, wann ist das passiert?»

«Gestern.»

«Gestern? Warum sind Sie dann nicht gestern gekommen? Gestern!»

«Ich habe es nicht für notwendig gehalten.»

«Oho, da haben Sie sich aber geirrt!» sagte die Schwester.

«Roll den Ärmel hoch, Darling», sagte der Neger.

«Wozu?» fragte Sophie kindisch, paranoid, beschämt.

«Eine kleine Tetanus, Honey. Roll nur deinen Ärmel hoch, Darling, und die Schwester wird sich dann darum kümmern.» Er wartete geduldig, bis sie tat, was er ihr befohlen hatte, und ging dann hinüber zu der alten Frau, deren Gesicht sich, während er näherkam, mit Zuversicht aufhellte. Eine andere Schwester, vergnügt und mit losem

Mundwerk, sah sich Sophies Hand an, die jetzt wie ein Ausstellungsstück auf der Theke lag.

«Vermute, es ist nicht der beste Augenblick zu fragen, aber hätten Sie nicht gern ein Kätzchen, hm? Ein schönes Perserkätzchen? Die Katze einer Freundin von mir hat drei Junge bekommen, und eines ist noch übrig.»

Der Wärter lachte. «Im Augenblick will sie keine Katze», sagte er. Genau in diesem Moment schob ein Pfleger ein Bett vorbei; darauf lag ein kleiner schwarzer Mann, zusammengekrümmt, die Wange auf eine Hand gestützt, die Augen weit aufgerissen und glasig. Ein anderer Pfleger sprang zur Tür und stieß die Flügel auf, und das Bett schoß hindurch und auf den Flur hinaus.

«Locker lassen!» sagte eine Schwester in Sophies Ohr. Es war ein schneller Einstich, und sie spürte ihn nicht. Sie atmete tief, wurde rot. Es war vorbei – sie hatte es hinter sich.

«Sie werden die Injektionen bekommen müssen», sagte die Krankenschwester. Sie hatte die Spritze auf die Theke gelegt und beugte sich zu Sophie, die den Duft von gebügeltem Stoff und Deodorant sowie einen hautgoutartigen Körpergeruch einfing, der von den dicht gelockten ingwerfarbenen Haaren der Schwester auszugehen schien.

Der Alptraum ihrer Erwartungen schrumpfte auf harte Erkenntnis zusammen. Sie warf Otto einen kurzen Blick zu; das Mitgefühl auf seinem Gesicht gehörte noch in den Augenblick vor der Mitteilung. Jetzt nützte es ihr nichts mehr.

«Sie bekommen sie auf dem Gesundheitsamt», sagte die Schwester. «Alles, was Sie tun müssen, ist, dorthin zu gehen, und die werden sich dann darum kümmern.» Alle starrten sie unverhohlen an. Sie fühlte ihre Erwartung wie eine Art, sich vorzubeugen – so, wie eine Ansammlung von Menschen sich über jemanden beugt, der einen Unfall erlitten hat. Dann lächelte die Krankenschwester und tippte sie leicht auf die Schulter. Die anderen Leute, der Wärter, die Pfleger, gingen zu ihrer Arbeit zurück.

«Ich habe sie selber bekommen», sagte die Schwester. «Machen sie sich keine Sorgen. Sie sind nicht so schlimm.»

«Nicht schlimm?» sagte Sophie laut. «Ach, hören Sie doch auf! Nicht schlimm? Spritzen direkt in den Bauch?»

«Ach, so macht man das heute nicht mehr», sagte die Schwester. «Man bekommt sie in den Arm. Im Ernst! Es ist wirklich nicht schlimm.»

«War es eine Katze?» fragte Sophie beunruhigt. Sie war sich sicher, daß die Krankenschwester sie mit den Spritzen angelogen hatte.

«Sie können jetzt Ihren Ärmel wieder herunterrollen. Nein, es war keine Katze. Ich bin eines Abends nach Hause gegangen und in eine Meute Hunde gelaufen. Einer von ihnen hat mich gebissen. Es war kein schlimmer Biß, aber die Haut war verletzt. Dort, wo es passiert ist, war es ziemlich finster, deshalb konnte ich die Hunde nicht gut genug sehen, um mir zu merken, welcher es gewesen war. Nicht daß ich in der Stimmung gewesen wäre, ihnen hinterherzulaufen!»

«Aber die Katze ist nicht krank. Ich weiß, daß sie nicht krank ist.»

«Vom Äußeren her können Sie das nicht beurteilen», sagte die Schwester, und ihre Stimme klang jetzt anders. Der mitfühlende Unterton war verschwunden. Sie empfand Sophies Aufsässigkeit als persönliche Macke, auf die sie nicht einzugehen brauchte.

«Wir werden die Katze einfangen», sagte Otto.

«Na, schön!» sagte die Krankenschwester. «Das ist etwas anderes. Wenn Sie sie fangen, brauchen Sie sie bloß zum Tierschutzverein bringen. Die werden sie untersuchen und den Befund an die Polizei weiterleiten. Dann brauchen Sie gar nichts tun, nicht einmal den Hörer abnehmen.»

Der dunkelhäutige Arzt stand am Schalter und sah sie an. Er wiegte ganz sachte den Kopf hin und her. «Sie nehmen am besten ein Antibiotikum», sagte er und fing an, ein Rezept auszustellen.

«Es ist also wirklich nicht schlimm?» fragte Sophie in beschwichtigendem Ton die Schwester und dachte dabei für sich, ich habe keinen Stolz, keine Ressourcen, keine Religion, nichts – warum halte ich nicht den Mund? Warum halte ich nicht den Mund!

«Es ist lästig», sagte die Schwester. «Sie müssen ein paar Wochen lang jeden Tag dorthin gehen. Aber es lohnt sich. Ich meine, die Krankheit ist so *entsetzlich*! Ich habe nie jemanden damit gesehen, aber ich habe nach dem, was mir passiert ist, etwas darüber gelesen. Es hat mich natürlich interessiert.» Sie wandte sich ab und fing an, ein Diagramm zu lesen. Die Bentwoods wurden weggeschickt. Ihnen gegenüber beugte sich der schwarze Pfleger über die alte Frau. «Zeig mir deine Hand, Darling! Zeig sie einfach her. Ich nehme sie dir ja nicht weg. Ja, so ist es brav. Ja, noch besser. Viel besser!»

Man hörte ein lautes Summen, das plötzlich gedrosselt wurde, und in einer der drei an der Wand befestigten Glühlampen blinkte ein gelbes Licht.

«Gelber Alarm!» sagte der Wärter und beobachtete das blinkende Licht.

«Was ist das?» fragte Sophie den Pfleger, der im Begriff war, die Tür für sie zu öffnen.

«Jemand ist gestorben», sagte er.

«Tot», sagte Sophie.

«Vielleicht», sagte er. «Hier nennt man das Herzstillstand. Es gibt hier ein Team, das heißt die ‹Stillstand-

Wache›. Und wenn sie diesen Summton hören, laufen sie zu dem Patienten, werfen ihn auf den Boden und schlagen auf ihn ein, um sicher zu sein, daß er tot ist, und wenn er nicht tot ist, haben sie ihre Mittel und Wege, die Dinge wieder in Gang zu bringen.» Er schien lachen zu wollen, blickte dann aber über seine Schulter auf die alte Frau und rannte wieder zu ihr. Sie saß regungslos da, die Hand im Schoß. Er hob sie hoch, seifig und in seiner schwarzen Hand leblos aussehend. Otto ging durch die Tür, aber Sophie blieb stehen und schaute sich um.

«Wir wollen hier nicht herumalbern, Darling», sagte der Pfleger zu der alten Frau und tauchte ihre Hand in das Seifenwasser.

«Wir werden die Katze fangen», sagte Otto, als sie ins Auto stiegen. «Mach dir keine Sorgen mehr. Ich bin froh, daß du die Spritze bekommen hast. Das wird es dann ja wohl gewesen sein.»

«Hast du davon je gehört? Daß ein Summer losgeht wie ein Wecker, wenn jemand stirbt?»

«Darüber habe ich nie nachgedacht.»

«Mein Vater hat mir erzählt, daß in Frankreich, in den Dörfern, die Kirchenglocke geläutet wird, wenn jemand stirbt.»

«Das ist netter», sagte er und fügte dann etwas süffisant hinzu: «Es bringt ein wenig Romantik in den Tod.»

«Ach, Otto!» rief sie. «Ich muß wohl diese Spritzen bekommen!»

«Nein, mußt du nicht.»

«Die Krankenschwester hat sie bekommen. Warum sollte ich sie nicht bekommen? Ich schäme mich so, daß ich dieses Theater, diesen ganzen Aufstand mache.»

«Es ist in Ordnung. Mach so viel Lärm, wie du willst. Wenn es hilft. Aber du mußt wissen, wo die Grenze ist. Das ist nur eine medizinische Maßnahme. Du bist nicht in Gefahr ... Es ist nur eine Episode. Nicht der Tod. Du weißt nicht genau, wo die Grenze ist.»

«Warum bin ich so?» fragte sie traurig.

«Ich weiß nicht ... vielleicht wärst du besser dran in einem Dorf, in dem die Glocke läutet.»

«Wie sollen wir das Tier fangen?»

«Es wird wiederkommen, um etwas zu futtern.»

«Letzten Endes war es gut, daß ich sie gefüttert habe. Sonst wären wir nicht imstande, sie mit Futter zurückzulocken.» Ihr gelang ein blasses Lächeln, das sich irgendwo in der Polsterung des Wagens verlor. Er mußte das Lächeln gespürt haben. Er lachte erleichtert auf.

«Nichts geht über Logik», sagte er. «Selbst wenn sie irrwitzig ist.»

Sie fanden einen Drugstore an der Atlantic Avenue, der noch offen hatte. Mehrere deprimiert aussehende Leute standen herum und warteten, während die beiden Apotheker hinter einer gläsernen Trennwand hantierten. Das entsetzliche Deckenlicht fiel auf das übliche Sortiment von Drugstore-Artikeln.

«Wo ist Ihr Medicaid-Ausweis?» wollte ein Drogist mittleren Alters barsch von einem Mann wissen, der verträumt vor dem Ladentisch stand. Der Mann zuckte zusammen. Er sah verdutzt aus, als wäre er aus irgendwelchen brutalen Gründen geweckt worden.

«Sie wissen, daß ich das nicht einlösen kann», sagte der Drogist und reichte einen Zettel über den Tisch zurück. «Sie müssen mir Ihren Ausweis geben. Was ist? Sie haben ihn nicht dabei?»

Der Mann regte sich nicht. Er schien unfähig, Worte zu finden, eine Erklärung, um Widerstand zu leisten, aber in seiner Haltung lag eine vage Entschlossenheit, den Launen der offiziellen Prozedur zu trotzen, und sei es nur durch seine fortgesetzte Anwesenheit. Der Drogist gab einen ungeduldigen Laut von sich und blickte an ihm vorbei auf die Bentwoods. «Ja?» Otto reichte ihm das Rezept.

Der Mann mit dem fehlenden Ausweis rührte sich nicht. Dann, gerade als Sophie ihre Kapseln ausgehändigt erhielt, ging der Mann entschlossen auf die Tür zu. Dabei ließ er sein Rezept auf den Boden fallen. «Scheiße, Scheiße, Scheiße ...», sagte er ohne Nachdruck, ja, wie es schien, sogar ohne Zorn.

«Sie werden die Katze umbringen müssen, nicht wahr?» fragte Sophie Otto, als sie vor ihrem Haus hielten.

«Ich glaube, ja», antwortete Otto. «Aber ich weiß nicht viel darüber. Sie müssen ihr Gehirn untersuchen.»

«Ich habe die Katze umgebracht», sagte sie.

«Wir haben sie noch nicht einmal gefangen», sagte er.

11

«Morgen bringe ich dich nach Flynders», versprach Otto. «Es wird ein schöner Tag. Ich glaube, heute nacht ist das nur so eine Art Frühlingsnebel. Wir fahren morgens los und können in dem Gasthaus in Quogue zu Mittag essen. Wir gehen ein bißchen spazieren und denken an etwas anderes. Es wird dir guttun.»

Sophie schaltete eine Lampe ein. «Wenn sie zurückkommt ...»

«Sie wird zurückkommen.»

«Vielleicht habe ich sie ja endgültig verscheucht», sagte sie und ging zur Hintertür.

«Weil sie dich attackiert hat?»

«Hm – sie wußte, daß *etwas* passiert ist.»

«So ein wildes Wesen ist doch den ganzen Tag auf Futtersuche. Es *weiß* gar nichts, nur, wo Futter zu finden ist.»

Sie spähte durch die Tür. Der Garten lag im Dunkeln mit Ausnahme eines Streifens Licht aus einem Fenster jenseits des Weges, der auf der feuchten Oberfläche eines Zauns glänzte. Otto kam aus der Küche herein und hielt eine Schüssel in der Hand.

«Schau. Die Hühnerleber. Wenn sie das nicht zurücklockt ... Haben wir irgendwo eine Schachtel? Aus guter, starker Pappe?»

«Müssen wir haben. Du bewahrst doch immer alles auf.»

«Schau oben nach, ja? Ich stelle inzwischen die Schüssel hinaus.»

«Mach das nicht, Otto. Irgendeine andere Katze wird kommen und sich mit der Leber davonschleichen.» Sie sah ihn an, während er mit der Schüssel vor ihr stand, die er wie eine Opfergabe in den Händen hielt. Er war vollkommen gefangen von einem Vorhaben, das sie für grotesk hielt. Vielleicht war es die Art dieses Vorhabens, die sie denken ließ, daß sie beide Narren seien. Wie rasch wurde die Hülse des Erwachsenenlebens, seine *Wichtigkeit*, durch den Stoß von etwas zertrümmert, was ganz plötzlich wirklich und dringend und absurd war.

«Keine Chance», sagte er, «weil ich hier bleibe und Wache halte.» Er öffnete die Tür und stellte die Schüssel genau unterhalb des Simses ab, dann ging er ins Wohnzimmer und holte sich einen Stuhl und seine Aktentasche. Ganz von seiner Absicht erfüllt, lächelte er sie zuversichtlich an und packte eine Zigarre aus. Vielleicht hatte er recht, recht, so zu sein, wie er war.

«Ich bin bereit», sagte er. «Hol die Schachtel, Sophie. Komm, jetzt ...»

Bis elf Uhr war die Katze noch nicht aufgetaucht. Otto brachte die Schüssel mit der Leber herein und stellte sie neben den Pappkarton, den Sophie im Abstellraum gefunden hatte. Er bewegte sich so entschlossen, als wollte er ihr beweisen, daß alles nach Plan verlaufen werde. «Sie wird am Morgen zurücksein», sagte er in bestimmtem Ton.

«Um Gottes willen – sei doch ein bißchen *unsicher*!»

Er ignorierte sie. Er wollte seine Zigarrenasche in der Küche wegkippen, brachte den Stuhl ins Wohnzimmer zurück und überprüfte die Haustür.

«Wir sollten um neun losfahren. Wir können mittags in Flynders sein.»

«Ich warte hier. Ich *muß*», sagte sie.

Er sah sie kurz an. «Deine Augen sind rot. Besser, du liest heute nacht nichts.»

«Ich kann sowieso nicht.»

«Ich schalte die Lampen in der Küche aus.»

Während er weg war, erschien die Katze.

«Otto!»

Er rannte zurück ins Eßzimmer. «Mach die Tür noch nicht auf. Warte ... Ich muß die Leber in die Schachtel tun. Warte einen Moment.»

«Du mußt ein Stück draußen lassen, damit sie es riechen kann.»

«Paß auf! Ich öffne die Tür.»

«Stell sie auf den Sims ...»

«Ich weiß, was ich zu tun habe. Fertig?»

«Noch nicht.» Sie lief zum Kleiderschrank und holte zwei Paar von Ottos Handschuhen. Ziemlich befangen gab sie ihm die neuen aus Schaffell und steckte ihre Hände in sein altes Gamslederpaar. «Ich bin gebissen worden», sagte sie. Die Katze beobachtete sie still, nur ihr Schwanz bewegte sich leicht.

«Jetzt!» sagte sie.

Er öffnete die Tür. Die Katze miaute leise. Otto warf eine Hühnerleber auf die Veranda. Sie fiel der Katze auf den Rücken und rutschte dann herunter. Das Tier fraß sie rasend schnell auf, vor Freude ächzend, und blickte dann in Erwartung von mehr nach oben.

«Auf dem Sims, auf dem Sims ...», wisperte sie hastig.

Er ließ etwas Fleisch fallen. Die Katze spießte es auf eine Kralle, zog es mit der anderen Pfote herunter, würgte und drehte direkt am Rand der Tür aufgeregte Kreise.

«Die Schüssel!»

«*Wirst du wohl den Mund halten*!» zischte er sie an. Er hielt die Schüssel einen halben Meter über den Boden. Die Katze glitt über den Sims; ihre beiden Vorderfüße standen auf dem Eßzimmerboden, und ihr Kopf schwankte hin und her, während sie in der Luft schnupperte. Sophie durchzuckte ein tiefer Schauer. Otto hielt die Schüssel genau so, daß das Tier sie nicht erreichen konnte. Die graue Gestalt streckte sich. Otto stellte die Schüssel langsam in die Schachtel, murmelte auf die Katze ein, summte sie leise an. «Schau, schau, schau, da ist es, komm, da ist es ...» Mit dem raschen, stumpfen Blick einer Ratte legte die Katze den Rest des Weges ins Zimmer zurück.

Die Bentwoods warteten. Die Katze rieb ihren Körper gegen die Schachtel, kratzte wie wild dagegen, miaute kläglich. Dann fing sie an, sich wirklich anzustrengen – stellte sich auf die Hinterbeine, fiel wieder auf die Füße, warf sich gegen die Kartonoberfläche. Ihr Kopf drehte sich unruhig und nervös. Sie schien die Bentwoods nicht wahrzunehmen, die regungslos ein paar Meter entfernt dastanden. Ganz plötzlich, gerade, als Sophie sich fragte, wie sie sie jemals hinausbringen würden, jetzt, da sie frei im Haus herumlief, sprang die Katze in die Schachtel.

«Schnell!» rief Otto.

Sie klappten die Deckel zu. «Halt sie fest, halt sie fest», schrie Sophie. «Oh, mein Gott! Ich kann nicht ... Sie drückt sich dagegen –»

Die Schachtel schwankte heftig hin und her. Mit einer freien Hand begann Otto, die Wäscheleine herumzuwickeln, und ließ die Schachtel jedes Mal, wenn er sie umdrehte, dumpf auf den Boden fallen. Die Katze kreischte.

Ein Geruch stieg ihnen in die Nase, bitter, übel, ekelerregend.

«Angst», flüsterte Otto. Sie hockten beide vor der Tür und starrten einander über die Schachtel hinweg an. Dann machte Otto einen Knoten in das starke Seil. Es war geschafft.

Das Tier war verstummt. Nur der Geruch seiner Angst hing immer noch in der Luft. Sophie atmete flach.

«Laß die Tür offen», sagte Otto.

Er trug die Schachtel zur Haustür, zog dann seinen Mantel an. Sie holte ihren. «Nein», sagte er. «Du kommst nicht mit. Es ist nicht weit. Geh um Gottes willen ins Bett und denk an gar nichts.»

Sie sah aus dem Fenster zu, wie Otto mit der Schachtel zum Auto ging. Er stellte sie auf dem Gehsteig ab, öffnete die hintere Tür des Wagens und schob den Karton hinein. Selbst von ihrem Standort aus sah er feucht aus. Vielleicht war es nur der Nebel.

Aber sie wußte, daß es nicht der Nebel war. Der Körper der Katze hatte sich geöffnet, als sei er zerschmettert worden, und hatte sich entleert. Sie blickte auf ihre linke Hand. Die Schwellung war zurückgegangen.

Auf dem Eßzimmertisch fand sie die Packung mit ihrer Medizin. Sie spülte die Kapsel mit Scotch hinunter.

Als Otto eine Stunde später zurückkam, traf er sie in einer Art Straußennest im Bett sitzend an. Sie hatte alles mit Kissen und Zeitschriften und Büchern aufgebaut. Er lachte los.

«Worauf hast du dich denn vorbereitet?»

«Darauf, mich zu amüsieren», sagte sie. «Aber es klappt nicht.»

«Der Mann vom Tierschutzverein, der Nachtdienst hatte, sagte, hier in der Gegend habe es seit dreißig Jahren keinen einzigen Fall von Tollwut gegeben.»

«Was werden sie mit der Katze machen? Werden sie sie umbringen?»

«Ich weiß nicht. Er hat die Schachtel mitgenommen. Die Katze knurrte schon, aber er schien nicht beunruhigt. Er lachte nur.»

«Wann werde ich es erfahren?»

«Montag.»

«Nicht vorher?»

«Der Arzt, derjenige, der die Untersuchung durchführt, kommt dort erst am Montag vorbei. Du brauchst sie nicht anzurufen, genau wie die Krankenschwester gesagt hat. Wenn etwas sein sollte – und das wird nicht der Fall sein –, werden sie dich am Montagvormittag anrufen. Jetzt ist es wirklich vorbei.»

«Aber du hast mir nichts über die Katze erzählt.»

«Sie brauchen sie nicht mehr einzuschläfern», sagte er, dann zögerte er. Er hob eine Zeitschrift auf, die auf den Boden gerutscht war, und ließ sie aufs Bett fallen. «Alles, was man heute benötigt, um festzustellen, ob ein Tier gesund ist, ist anscheinend eine Speichelprobe. Aber als er mich fragte, ob ich die Katze später wiederhaben wollte, habe ich nein gesagt. Dann sagte er, sie würden sie beseitigen.»

«Beseitigen?»

«Genug, Sophie.»

«In Ordnung.»

«Es war schrecklich, oder? Sie in die Schachtel zu hieven?»

«Das war schrecklich.»

«Ich muß meinen Mantel hinunterbringen.»

«Ach, Otto, laß ihn doch auf dem Stuhl.»

«Ich bin müde.»

«Hat sie im Auto irgendwelche Geräusche von sich gegeben?»

«Nein. Nichts, bis ich sie dem Mann überreichte.»

Er blickte unschlüssig auf seinen Mantel. «Ach, ich bringe ihn runter.»

«Es passiert gar nichts, wenn du ihn dieses eine Mal auf dem Stuhl liegen läßt», sagte sie gereizt. Er ließ ihn auf den Stuhl fallen.

«Wir haben Glück», sagte er.

«Ja, wir haben wirklich Glück», sagte sie.

Otto drehte beim ersten leisen Anzeichen des Frühlings immer den Heizkörper im Schlafzimmer ab, und jetzt war es kühl. Er zitterte, als er sich auszog. Dann stand er nackt da und starrte verblüfft auf das Bett. «Was ist los?» fragte sie.

«Ich habe Hunger, und ich weiß nicht, was ich will.»

Sie machte einige Vorschläge. Er sah immer noch irritiert aus. Dann sagte sie: «Ach, komm ins Bett», und er ließ sich so schwer neben sie fallen, als habe ihn ein Schlag getroffen. Sie ließ die Zeitschriften auf den Boden gleiten, hob dann einen Roman von Balzac von ihrem Nachttisch hoch. Aber Madame de Bargetons Ehrgeiz und schmerzliche Ungeschicklichkeiten fesselten sie nicht. Ihre Gedanken stahlen sich von der Buchseite weg. Otto schlief neben ihr. Sie saß lange gegen ihre Kissen gelehnt da und überlegte, was es war, worüber sie nachdachte, unterhalb der vorgetäuschten Aufmerksamkeit, die sie jenen seltenen *Themen* widmete, die ihr jetzt durch den Kopf gingen.

Ganz bewußt rief sie sich das Wohnzimmer ihres Bauernhäuschens in Flynders ins Gedächtnis, und dann, als dieser helle, vertraute Ort verschwamm, nahm ein anderer Ort Gestalt an: Der kärglich möblierte Salon ihrer Kindheit, ihr Vater und ein Freund, die bis tief in die Nacht miteinander sprachen, während sie schläfrig auf dem viktorianischen Sofa lag und dem Summen der leisen Stimmen der Männer lauschte und auf ihrer Wange den Stich eines Roßhaars spürte, das aus der schwarzen Polsterung bis nach oben gedrungen war, geborgen und von dem Glanz ihres eigenen wahren künftigen Erwachsenenlebens träumend.

Sie legte die Hand auf die Wange und berührte die Stelle, wo das Pferdehaar sie gepikt hatte, und sie schnappte nach Luft angesichts der Wucht einer Erinnerung, die, zwischen zwei Atemzügen, die Entfernung zwischen dem schlaftrunkenen Kind und der erschöpften Erwachsenen auslöschte, als ob es – so dachte sie – alle diese Jahre gebraucht hätte, um die Stufen zum Bett emporzuklettern.

12

Im letzten Augenblick beschlossen sie, im eigenen Haus eine Art Picknick zu veranstalten. Sie konnten in ihrem Wohnzimmer in Flynders ein Feuer anzünden und vor ihrem eigenen Kamin essen.

Der Morgen wirkte nicht gerade vielversprechend: Der Himmel sah stumpf und feucht aus. Doch während die Thermosflasche ausgespült und die Sandwiches in Butterbrotpapier gepackt wurden, herrschte so etwas wie Festtagsstimmung. Aus dem Picknick-Strohkorb rieselten ein paar Körnchen Sand auf den Küchentisch.

Gleich nach dem Aufwachen war Sophie von Hoffnung und verstärkter Unruhe erfüllt gewesen. Die Wahrscheinlichkeit, daß die Katze keine Tollwut hatte, hatte auf geheimnisvolle Weise ihre Angst vor der Möglichkeit gesteigert, daß sie sie doch haben könnte. Sie bewegte sich rasch, packte das Essen zusammen, schichtete geschäftig mit Lammfell gefütterte Mäntel und Handschuhe übereinander, holte die Decke für das Auto und eine Ausgabe von *Jenseits von Afrika,* aus der sie Otto unterwegs vorlesen wollte. Sicher war es in Flynders kälter als in der Stadt. In Flynders gab es noch richtiges Wetter.

«Dir geht es besser», verkündete Otto mit offensichtlicher Erleichterung.

«Ja. Es tut nicht mehr weh. Aber ich bin wie betäubt, wenn ich bloß an diesen Anruf denke –»

«Es darf doch nicht wahr sein, daß du dir *deswegen* Sorgen machst!»

«Immerhin besteht die Möglichkeit.»

«Es ist eine reine Formalität, keine Möglichkeit.»

«Ich habe deine Schlüssel auf der Couch gefunden. Du hast sie wohl heute nacht da fallenlassen.»

«Nimm deine Tablette.»

Sie fuhren viele Meilen durch Queens, wo sich Fabriken, Lagerhäuser und Tankstellen zwischen zweistöckige Zweifamilienhäuser quetschten, die so armselig und schäbig aussahen, daß im Gegensatz zu ihnen die Reihen einförmiger, sauberer Grabsteine, die sich hier und da zwischen den Gebäuden erhoben, eine menschlichere Zukunft zu verheißen schienen. Gehsteige, brutale Platten aus rissigem Beton, zogen sich über ein oder zwei Blocks hin und verloren sich dann plötzlich auf unerklärliche Weise im Nichts, und in der Mitte der asphaltierten Straßen glänzten zwischen den Schlaglöchern kurze Stücke alter Straßenbahnschienen auf. Da und dort stand das Gerippe einer großen neuen Wohnanlage auf einem Baugelände; Baumwurzeln, Steine und Erde türmten sich um ihr Fundament herum auf. Schreie der Langeweile und der Wut waren quer über die Fabrikmauern gekrakelt, und zwischen diesen Drohungen und Verwünschungen, diesen Aufforderungen und Anatomielektionen starrte das Gesicht eines Präsidentschaftskandidaten aus Alabama mit rußigen, toten Augen von seinen Wahlplakaten herunter und erhob Anspruch auf dieses Territorium. *Sein* Land, warnte das Plakat – wählen Sie ihn –, eine Pathologie, die sachte eine andere weckte.

Es waren noch einige Kirchen übriggeblieben, die meisten von ihnen klein, aus roten Ziegeln oder pockennarbigem Stuck. Auch einen großen spanischen Barockdom gab es, dessen Eingang mit Eisengittern versperrt war. Er thronte inmitten dieses kriechenden, eitrigen städtischen Verfalls wie eine große, gefrorene Erhebung, halbtot vor Überheblichkeit.

«Ich wollte, es gäbe einen anderen Weg nach Flynders», murmelte Sophie.

«Lies mir was vor», forderte Otto eindringlich. «Wir haben das bald hinter uns.»

«Es ist von so hoffnungsloser Häßlichkeit.»

«Schau nicht hin», warf er zurück.

Sie schlug das Buch in ihrem Schoß auf. «Ich brauche bald eine Brille», sagte sie und sah auf die Seite hinunter. «Kannst du eigentlich das Telefonbuch noch immer problemlos lesen?» Er hörte ihr nicht zu, sondern blickte durch die Windschutzscheibe starr auf die trostlose Straße vor ihnen.

«Otto?»

«Ich habe mir gerade überlegt, was Charlie gesagt hätte, wenn er gehört hätte, daß ich zu dir ‹Schau nicht hin› sagte. Wie er sich darauf gestürzt hätte! Was für ein Beispiel für mein mangelndes soziales Gewissen!»

«Überlegst du dir eigentlich bei jedem deiner Gedanken, was Charlie dazu zu sagen hätte?»

«Erinnerst du dich, als die Leute vor Jahren mit Vorliebe Thoreau zitierten – diese Zeile über die stille Verzweiflung im Leben der meisten Menschen? Eines Morgens, vielleicht vor einem Monat, ging ich in Charlies Büro und traf ihn vor seinem Schreibtisch lungernd an; er starrte auf ein Stück Papier, auf das er etwas in Blockschrift geschrieben hatte. Ich fragte ihn, leichthin, wie ich damals meinte – obwohl ich, wie du weißt, in diesen Sachen nicht so gut bin –, ob sein Leben ein still verzweifeltes sei? Ich weiß nicht ... Der Morgen war sonnig, Sonnenschein auf dem Teppich, und draußen war es kalt, und ich wollte, daß alles in Ordnung war ... Er sah mich voller Haß an. Er sagte, daß dieses Zitat ein hervorragendes Beispiel für die Eigenliebe der Spießer sei. Und als ich sagte, daß Thoreau es anders gemeint habe, schrie er, daß die Absicht *nichts* bedeute, daß die ganze Wahrheit in dem liege, wofür eine Sache *benutzt* werde. Im Wartezimmer saßen Mandanten, und die Telefonleitungen waren blockiert, weil sich so viele Anrufe stauten. Charlie sah mich an wie ein irischer Gorilla, schwankte etwas über seinem Schreibtisch hin und her und war drauf und dran, mich umzubringen. Ich sagte ihm, er sei völlig auf dem Holzweg. Ich war sprachlos über seinen Abscheu vor mir. Dann schrie er los, daß es niemals so schwer gewesen sei, einer Unterdrückung Widerstand entgegenzusetzen wie im Fall der Unterdrückung durch die Bourgeoisie, weil diese tausend Gesichter habe, sogar das Gesicht der Revolution, und daß sie ein unersättlicher Bauch sei, der sich selbst noch von dem Gift ernähren könne, das ihre Feinde ausstreuten, um sie zu vernichten. Ich fragte ihn, was für eine Alternative ihm vorschwebe, und daraufhin rief er seine Sekretärin herein und sagte ihr, sie solle seinen bestellten Mandanten hereinschicken.»

«Aber das Leben *ist* verzweifelt», sagte Sophie kaum hörbar.

«Hast du gerade behauptet, das Leben sei verzweifelt?» fragte Otto und beugte sich zu ihr. Dann lachte er plötzlich los. «Lies mir was vor», sagte er wieder. «Los.» Als der Mercedes sich in den dichter werdenden Verkehr einfädelte, der sich auf dem Highway in Richtung Osten bewegte, las Sophie Otto etwas über die grünen Berge Afrikas vor.

Am frühen Vormittag hielten sie an, um einen Kaffee zu trinken, und sie saßen friedlich und schweigend in der überheizten Imbißstube, bis Otto versuchte, ein Plastikbecherchen mit Sahne zu öffnen, und dabei den ganzen Inhalt über sich verschüttete. Er fing an zu fluchen und schickte seinen Kraftausdrücken die Bemerkung hinterher, daß sich alles immer nur zum Schlimmsten wende.

Jetzt kam er Sophie vertrauter vor als vor zwei Tagen, und plötzlich stellte sie fest, daß er sich seit Freitag beherrscht hatte, seinen *Charakter* ihretwegen beherrscht hatte, als hätte er einen unliebsamen Verwandten, dessen Anwesenheit sie völlig aufgerieben hätte, in eine Rumpelkammer abgeschoben. Sie wollte ihn gerade beruhigen – sie überlegte noch, was sie sagen sollte –, als er sie fragte, was genau Charlie Freitagnacht zu ihr gesagt habe.

Er würde sie das immer wieder fragen, dachte sie, und sie würde immer wieder unfähig sein, es ihm zu erzählen. Sie erinnerte sich nicht mehr daran, was Charlie ihr Freitagnacht gesagt hatte.

«Nicht viel über dich, außer dem, was ich dir schon erzählt habe.»

«Was er über mich gesagt hat, ist egal. Er hatte irgend etwas vor, denn er hat mit *dir* gesprochen.»

Draußen klarte es auf. Durch das Fenster sah sie einen Streifen Sonnenlicht, der auf dem Dach ihres Autos und auf einem neben ihnen parkenden verschmutzten roten Cadillac immer breiter wurde. Auf der Suche nach dem Besitzer des Lokals ließ sie den Blick schweifen. An der Theke saß ein Paar in mittleren Jahren, pummelig und auffallend gekleidet.

«Was sollte er mit mir vorgehabt haben?»

«Unordnung. Unordnung stiften.»

«Weißt du, wie du klingst? Wie jemand, der gerade geschieden wurde und sich sagt, daß seine ganze Ehe eine einzige Qual war.»

Otto seufzte. «Könnte stimmen.»

Sie standen auf, und Otto ging zu der dösenden, in Sonnenlicht gebadeten Kassiererin, um zu bezahlen. Sophie schob sich an dem Paar mittleren Alters vorbei und hörte den Mann mißmutig murmeln: «I.Q.! Verdammt noch mal! Wenn er nicht arbeitet, interessiert es doch keinen

Menschen, wie intelligent er ist!» Der Nachttopfhut der Frau schien sich etwas über ihren Kopf zu erheben. Ihr Mund schnappte zu, als habe sie einen Faden abgebissen.

Auf ihrem Weg zum Mercedes blickte Sophie durch das Fenster des Cadillac und sah nebeneinander auf dem Vordersitz eine große Schachtel Kleenex und einen schlafenden Pekinesen.

«Ich will, daß Charlie ganz verschwindet», sagte Otto, während er losfuhr. «Stillschweigend verduftet.»

«Die Leute scheinen immer ein großes Getöse zu machen, wenn sie gehen», sagte sie – außer Leute wie ich, dachte sie für sich und erinnerte sich daran, wie demütig und stumm sie sich von Francis davongeschlichen hatte. Aber schließlich hätte sie ohnehin nichts ändern können. Doch für einen bitteren Augenblick hatte sie sich in der alten, quälenden Frage verfangen: Was wäre passiert, wenn Francis frei gewesen wäre? Wenn die Tür aufgegangen wäre, hätte sie die Schwelle überschritten? Sie blickte hinüber zu Otto. Francis hatte sich ihr nicht nur selbst entzogen. Er hatte sie auch um ihre Gewißheit über Otto gebracht.

«Warum muß er mich fertigmachen?»

«Tut er das?»

Er seufzte. «Nein. Aber ich trage blaue Flecken davon ... Leute, die ich seit Jahren kenne, erkundigen sich bei meiner Sekretärin nach meiner Gesundheit. Das empört mich.»

«Die Mandanten, die bei dir bleiben, werden das sehr schnell vergessen. Die Leute denken nicht so viel über andere Leute nach.»

«Wenn du Rechtsanwalt bist, dann schon. Wenn sie Probleme haben, dann schon. Ich wäre besser dran, wenn ich meinem Vater ähnlicher wäre. Er hatte sein Leben auf die Annahme aufgebaut, daß von nichts nichts kommt.

Und über ihn brach die Hoffnung so herein, wie über das Leben anderer Menschen die Enttäuschung hereinbricht. Er haßte die Hoffnung. Sie entmannte ihn. Rechne immer mit dem Schlimmsten, mein Sohn, und du wirst niemals enttäuscht werden ... Ich war im Krankenhaus, an seinem Bett, als er starb. Er konnte weder sprechen noch sich bewegen, und eine Seite seines Gesichts war gelähmt. Aber er unterbrach dieses Koma gerade lange genug, um mir ein schiefes Lächeln zuzuwerfen. Ich wußte, was er damit sagen wollte. ‹Siehst du? Siehst du, wie alles endet?›»

«Wir nehmen die nächste Ausfahrt.»

«Ich weiß ...»

Sie fuhren um eine kleeblattförmige Kreuzung und bogen dann in eine Allee ein.

«Jetzt ist es nicht mehr weit», sagte Otto aufgeräumt. «Wir werden es schon schaffen. Vielleicht wird es eine Zeitlang etwas knapp mit dem Geld. Zwei Leute, mit denen ich gerechnet habe, sind zu Charlie gegangen. Aber da hat sozusagen ein Austausch stattgefunden.» Er lachte und fuhr fort: «Du solltest sehen, was ich im Austausch bekommen habe. Ich hätte ihr sagen können, daß sie besser zu jemandem anderen gehen solle, weil ich mich mit solchen Problemen nicht befasse. Aber sie war so verdammt hilflos. Charlie hatte sie vernachlässigt, sie war ihm langweilig geworden, nehme ich an – Charlie wird es schnell langweilig –, und ich habe beschlossen, sie zu übernehmen, vermutlich nur, um mir zu beweisen, daß ich das konnte.»

«Wer ist es?»

«Mrs. Cynthia Kornfeld. Sie kam mit einem gebrochenen Zeigefinger und achtzehn Stichen in der Kopfhaut in die Kanzlei.» Er gab Gas. Für Ottos Verhältnisse war das der dramatische Beginn einer Geschichte. Sophie bemerkte, daß ihn die Vorstellung, etwas zu tun, was ihm gegen den Strich ging, erregt hatte. Er warf einen Blick zu ihr hinüber, lächelte, schätzte vielleicht die Wirkung seiner Worte ab. Sie lachte zurück und forderte ihn auf weiterzuerzählen.

«Ihr Mann ist ein richtiges Aas – ich sollte das nicht sagen, es ist der falsche Ansatz – namens Abe Kornfeld. Vor zwei Jahren ist er plötzlich zu Geld gekommen. Und zwar hat er in einem dieser Läden an der Canal Street ein Dutzend gebrauchter Schreibmaschinen aufgekauft. Die nahm er dann auseinander und motzte sie irgendwie auf, indem er sie wieder zusammenbaute und die Tasten so anordnete, daß sie irgendwelche mystische Nonsense-wörter ergaben. Eine Galerie organisierte eine Ausstellung für ihn. Er bekam zweitausend Dollar für ein Standardmodell und tausend für eine Portable. Das war seine erste Ausstellung. Er arbeitete Kategorien aus, die es ihm erlaubten, erheblich mehr zu verlangen – eine Standard Royal war zum Beispiel viel mehr wert als eine Standard Smith-Corona, und eine Portable mit japanischen Schriftzeichen kostete noch mehr als die beiden anderen. Sie hatten fünfzehn Jahre in einer Wohnung an der Hudson Street gewohnt, in so einer, die über ein ganzes Stockwerk geht. Jetzt aber funktionierte er ein Zimmer in eine Werkstatt um, und sie gab ihre Stelle als Aushilfslehrerin auf – sie hatte ihn ausgehalten, als er noch als Maler arbeitete –, und sie fingen an, diese Dinger zu einem enormen Preis auf den Markt zu werfen. Sie behauptete, es sei kinderleicht, sie würde es mir zeigen, wenn ich es selbst machen wollte, und sie könnten sich noch immer nicht vor Bestellungen retten. Sie war wie betäubt von dem Geld, das hereinströmte – und hatte Angst. Sie sagte, sie habe das Gefühl, es sei nur wieder irgendeine Neuheit und würde aus dem Blickfeld verschwinden, sobald irgend etwas anderes auftauche. Aber er meinte, es sei ein Durchbruch; Schreibmaschinen zu zerlegen und wieder zusammenzusetzen, sie in Form eines Orakels zu vermenschlichen, sei ein direkter Schlag gegen das amerikanische Banausentum. Er zertrampelte seine alte Staffelei und warf sie auf die Straße und zerstörte seine ganze bisherige Arbeit. Und dann fing er an, Sachen zu kaufen. Zum Beispiel eine Uhr von Piaget. Er entfernte beide Zeiger und sagte seiner Frau, er würde sich durch sein Glück nicht verderben lassen, wenn er seiner Vorliebe für Luxusgegenstände fröne, vielmehr würde er sie immer so weit umformen, daß sie in ihrer Funktion gestört würden. Der Abend, an dem er sie verprügelt hat, ging damit los, daß er spät nach Hause kam, kurz nachdem sie das Kind zu Bett gebracht hatte. Zu dem Zeitpunkt erledigte sie bereits die meiste Arbeit an den Schreibmaschinen und wußte nicht, wohin er tagsüber ging. An diesem Abend trug er ein Exemplar von *Mein Kampf* bei sich. Als sie klagte, daß sie müde sei und daß sie etwas beim Chinesen oder eine Pizza zum Abendessen holen müßten, warf er mit dem Buch nach ihr und sagte, sie könne nicht leugnen, daß Hitler wirklich Stil gehabt habe. Dann teilte er ihr mit, daß sie eine Dinnerparty geben würden. Er habe schon bei einem Laden im Village senegalesisches Essen bestellt und all die Leute eingeladen, denen er jemals Geld geschuldet habe. Ob sie Kaffee und ein Dessert machen solle, fragte sie. Ihm war es egal, was sie mache, Hauptsache, nichts Spießiges. Sie begriff, daß etwas Besonderes gefragt war, aber sie hatte nichts im Haus außer ein paar Dosen Wackelpudding mit Erdbeergeschmack. Sie kochte ihn auf und goß ihn in die größte Schüssel, die sie hatte. Dann warf sie statt Fruchtstückchen kleine Münzen hinein. Ob sie damit ihren neuen Wohlstand feierte oder einen ironischen Kommentar abgab, weiß ich nicht. Ich vermute ersteres, da sie nicht der Typ Frau ist, der zu großer Ironie fähig ist. Als sie das Dessert hereinbrachte, klatschten die Gäste ihr Beifall, aber Abe stürzte sich auf sie und mußte von zwei Malern zurückgehalten werden, damit er sie nicht ernstlich verletzte. Er war vermutlich sauer, weil sie sich mit einem eigenen Scherz in den Vordergrund gedrängt hatte.»

«Das ist alles? Deswegen will sie sich von ihm scheiden lassen?»

«Sie sagt, er werde sie wieder schlagen. Und das Kind hat er auch schon schlecht behandelt. Alles hat sich in eine Richtung entwickelt, daß es unmöglich ist, noch irgend etwas wieder geradezubiegen. Sie spricht sehr langsam und matt, aber mit absoluter Überzeugung.»

«Und was sagt er?»

«Nichts. Er ist verschwunden.»

«Niemand weiß, wohin? Die Galerie? Freunde?»

«Niemand.»

«Macht ihr das Angst? Er klingt wie ein Verrückter. Vielleicht hatte er einen Unfall.»

«Sie gehört zu den Leuten, die eine bemerkenswerte Geduld haben, aber nur bis zu einem bestimmten Punkt, über den sie niemals hinausgehen. Sie sagte mir, daß sie sich nie über das beklagt habe, was er tat, und ihn auch nie ausgefragt habe. Jetzt tut sie so, als wäre es ihr egal, wenn er tot ist.»

«Ist sie hübsch?»

Er antwortete nicht gleich. Dann sagte er: «Ich weiß es wirklich nicht. Das nächste Mal schaue ich genauer hin.»

«Du schaust Frauen nicht an?» fragte sie listig.

Er antwortete ihr nicht, und sie wiederholte ihre Frage nicht. Sie fühlte eine leichte Entfremdung zwischen ihnen, nur einen kleinen Moment der Spannung. Sie dachte darüber nach, wendete es in ihrem Kopf hin und her, wie sie einen Gegenstand in ihren Händen hin und her gedreht hätte, und versuchte, ihre eigene Absicht zu begreifen, von der sie wußte, daß sie störend wirken würde. Warum die angenehme Langeweile der Fahrt unterbrechen? Der Himmel war jetzt ganz klar, von einem glatten, sauber gewaschenen Blau, und die Häuser, auf die man hin und wieder von der Straße aus einen Blick werfen konnte, sahen frisch gestrichen und wohlhabend und für die Ewigkeit gebaut aus; und Sophie dachte an das große graue Meer aus Schlamm, durch das sie noch vor ungefähr einer Stunde gefahren waren.

«Woran denkst du?» fragte sie ihn.

«Ach, wieder an meinen Vater. Als er in seinem Krankenzimmer lag, paßten wir alle auf, was er sagte. Du hättest ihn nicht gemocht. Es war ihm egal, worüber die Leute redeten, wenn sie nur zur Sache redeten. Und ein Thema mußte abgeschlossen werden, bevor man ein neues anschneiden durfte. Gedanken mußten ordentlich aneinandergereiht werden, wie Güterwagen auf einem Gleis. Wenn man einen Sommer in Paris schilderte, konnte man nicht plötzlich mit Istanbul anfangen.»

«Was passierte, wenn man es dennoch tat?»

«Er hatte stark hervorstehende Knöchel, die dann ganz weiß wurden. Ein Wechsel des Themas, bevor er es für beendet hielt, verstieß bei ihm gegen irgendeinen inneren Ordnungssinn. Es machte ihn wütend. Ungefähr so, wie wenn man als Chemiker nicht über Atonalität sprechen könnte. Man durfte schon sagen, daß man etwas mochte. Aber keine Urteile.»

«Du hast recht. Das hätte mir nicht gefallen.»

«Hier ist unsere Abzweigung.»

Das Dorf Flynders, von dem sie jetzt nur noch drei Kilometer entfernt waren, hatte im Winter eine Bevölkerung von weniger als hundert Familien, von denen die meisten wirtschaftlich fast vollständig von den Sommerbewohnern abhängig waren. In der Hochsaison, im Juli und August, schwoll die Einwohnerzahl auf mindestens zweitausend an, und im letzten Sommer hatte sich diese Zahl noch um eine Gruppe von Leuten aus einer New Yorker Werbeagentur vergrößert, die ein altes Anwesen gekauft, das Haus mit seinen dreißig Zimmern und Nebengebäuden abgerissen, die Fläche aufgeteilt und angefangen hatten, eine Gruppe von Häusern zu bauen, die am Ende wohl einem französischen Bauerndorf ähneln sollte. Als Otto an dem Gelände vorbeifuhr, verkündete ein kleines, an den Stamm einer Ulme genageltes Schild seinen Namen – BUDDING GROVE. Sophie sah zwischen den halbfertigen Mauern ein graues Pferd mit durchhängendem Rücken stehen.

«Der Architekt ist da», sagte sie.

Flynders lag weder am Ozean noch an der Bucht, deshalb waren die Mieten für die alten Bauernhäuser, die noch zu haben waren, niedriger als für die weiter draußen auf der Insel in den Hamptons gelegenen. Es gab keine Bank, aber einen Antiquitätenladen, geführt von einem älteren, griesgrämigen Homosexuellen, der seine Winter in Sizilien verbrachte, einen I.G.A.-Markt, drei Tankstellen, ein Postamt in einem großen Schuppen, in dem auch ein Waschautomat stand, einen Gemischtwarenladen (Haushaltswaren, Schreibzeug, Tennisschuhe in großen Größen), zwei Telefonzellen und ein schmales, düsteres Restaurant, das das ganze Jahr über geöffnet hatte. Stammgäste, die immer im Sommer kamen, hatten es sich zum Ritual gemacht, hier jedes Jahr anzuhalten, um sich zu vergewissern, daß die ständige Dekoration in seinem Fenster nicht entfernt worden war – ein Stück Apfeltorte aus Plastik, auf dem eine gelbliche Styroporkugel von Jahr zu Jahr mehr verfiel.

Früher war Flynders eine Stadt, ein Zentrum für die umliegenden Bauernhöfe gewesen. Der größte Teil des ungepflegten, brachliegenden Ackerlandes war inzwischen wieder versumpft und hatte eine Zeitlang für Unmengen von Vögeln als Rastplatz gedient. In jedem Sommerhaus gab es immer noch, im Schrank oder in Körben oder in Bücherregalen, abgegriffene Ausgaben von Roger Tory Petersons *Field Guide to the Birds.* Eines Tages aber hatten die Dorfbewohner die Leute von der Moskitobekämpfung geholt, und jetzt gab es nur noch wenige Vögel, und im sauren Boden wuchsen giftiger Efeu und wilder Wein. Den Bäumen, die noch nicht von den häufigen Dürrekatastrophen beschädigt worden waren, hatte die Ulmenbraunfäule den Garaus gemacht. Nur in der Mitte des Dorfes hatten drei Rotbuchen überlebt, schwarz in der Mittagssonne, purpur in der Dämmerung. Selbst die Einheimischen priesen sie, wenn auch vielleicht nicht gar so überschwenglich wie die Sommergäste. Ein Herrenhaus blieb unbewohnt und unverkauft. Es thronte auf einer kleinen Erhebung, ein bedrohliches, häßliches Haus, ein Schubkarren, abgestellt und aufgegeben von irgendeinem Millionär aus den zwanziger Jahren, zurückgelassen als Zeugnis für die Macht des Geldes, Scheußlichkeit von dauerhafter Aggressivität hervorzubringen.

In Flynders lebten ein paar junge Leute, die viele Kilometer pendelten, um in fern gelegenen Städten zu arbeiten. Sie wohnten in Häusern, die sie gekauft hatten, abseits des Highways, in grünen oder blauen oder rosa Kisten, aufgestapelt in Räumen über Doppelgaragen, mit Jalousien an den Fenstern. Ein Grundstücksmakler in Riverhead wickelte die Vermietungen und Verkäufe in Flynders ab.

Das Haus der Bentwoods, ein kleines Bauernhaus aus dem 19. Jahrhundert, das genau in der Mitte einer Wiese stand, lag anderthalb Kilometer nördlich des Dorfes. Otto hatte um das Haus einen niedrigen Palisadenzaun errichtet – nicht, weil sie Nachbarn in der Nähe hatten, sondern weil ihn sein Ordnungssinn gezwungen hatte, zwischen dem, was unmittelbar zum Haus gehörte, und dem, was Teil der offenen Felder war, zu unterscheiden. Von ihrer Terrasse aus konnten sie die Scheune sehen, die Otto dazugekauft hatte und die zwei Wiesen weiter östlich lag. Der kleine Zaun hatte Sophie kribbelig gemacht, und deshalb hatte sie vor zwei Sommern begonnen, vor ihm Pflanzen zu ziehen. Sie war eine geschickte, aber keine leidenschaftliche Gärtnerin. Sie hatte nicht die ausdauernde Geduld, die für die Gestaltung einer Landschaft unerläßlich ist. Wenn etwas den Sommer nicht überlebte, verlor sie das Interesse daran, und sie würde es auch nicht wieder versuchen.

Otto bog auf ihren Feldweg ein. Der Briefkasten hing schief an seinem Holzpfosten. Vor ihnen lag das Haus mit seinen geschlossenen Fensterläden, und ein Korbstuhl, den sie draußen vergessen hatten, stand kopfüber auf der Terrasse. Der Boden war hubbelig und grau und sah nackt aus. Im Sommer wurde das Gras von einem Mann aus dem Ort gemäht, der das Heu an einen Stall in Southampton verkaufte. In einem der kahlen Ahornbäume beim Haus hing wie ein Steppenläufer ein bienenkorbförmiges Vogelnest vom letzten Sommer. Während sie den mit Ziegeln gepflasterten Weg hinaufgingen, sah Sophie aus einem Augenwinkel an der Stelle, wo die Gartenmelisse wuchs, ein Paar grüne Baumwollhandschuhe, halb im harten Boden versenkt.

«Ich habe das Mittagessen ganz vergessen», sagte Otto und reichte ihr den Schlüssel zur Hintertür. Sie schaute zuerst durch das Küchenfenster. Sonnenlicht lag auf dem Boden und fiel auf die Ahornholzkufen des

Schaukelstuhls. Eine Welle reinen Glücks durchströmte sie.

Die Kälte drinnen, die Kühle eines Hauses, das monatelang leergestanden hatte, fühlte sich weich an, erinnerte entfernt an ein Betäubungsmittel. Sophie ging langsam auf den Tisch zu, bemerkte mit Freude ein Sortiment von Küchenutensilien, von denen die meisten Duplikate der Dinge waren, die sie in Brooklyn hatte. Sie hob eine runde Blechdose hoch und schüttelte sie, um die Ausstechförmchen klappern zu hören; dann erinnerte sie sich plötzlich an das Gesicht eines ihrer Sommerfreunde, eines Malers, der sie oft im August besucht hatte. Sie entsann sich, wie er jedes Gerät auf dieser Arbeitsfläche hochgehoben, nahe an sein Gesicht gehalten und seine Form mit den Fingern nachgezogen hatte und wie er, wenn er ankam, seine Hände im Spülbecken in der Küche gewaschen und dabei die gelbe Küchenseife benutzt hatte. Sie hatte ihn sehr gern gehabt, sein kräftiges, hübsches Gesicht gemocht, die Art, wie die Haut seiner Hände unter dem Wasser aus dem Hahn glänzte, die Art, wie er Dinge mit der unbefangenen und ernsten Neugierde eines Kindes oder eines besonders wachsamen Tiers nur *antippte.* Er hatte, erinnerte sie sich, während sie nachdachte, eine bestimmte Art von Eigenliebe gehabt, wie sie vielleicht von Armut herrührt, weil man eben nichts anderes zum Lieben hat. Er war arm, hatte nichts außer verflossene Ehefrauen, von denen er gleich mehrere besaß, und er hatte viele Theorien darüber entwickelt, wie man ein Leben meistert, das er mit dem ruhigen, blinden Eifer einer Person beschrieb, die ihre Wahrheiten von der Sonne empfängt. Er rauchte und trank nicht – nahm höchstens von Zeit zu Zeit eine Prise Meskalin –, und wenn er sich zu einem von Sophies Abendessen an den Tisch setzte, stöhnte er mit gespieltem Entsetzen angesichts der Völlerei, der er nun gleich frönen werde. Er koche sich kaum noch etwas zum Essen, sagte er, und es sei ihm beinahe gelungen, ganz auf Fleisch und Fisch zu verzichten. Deshalb hatte sie in ihrer Befangenheit zu ihm gesagt, sie würde am liebsten das Rauchen aufgeben, doch sie nehme an, ein «Charakterfehler» sei Schuld an ihrer Unfähigkeit, und sie war über seinen Spott schockiert gewesen, als er ihre Stimme nachäffte und sie piepsend und albern klingen ließ: «Charakterfehler, Charakterfehler», hatte er gezirpt und sie ausgelacht. Als sie im Herbst tatsächlich mit dem Rauchen aufhörte, hatte sie ihm ein paar Zeilen geschrieben – er war abgereist, um den Winter in irgendeiner Scheune in Vermont zu verbringen – und ihm mitgeteilt, daß sich ihr Charakter bessere, aber er hatte ihr nie geantwortet. Wie ihr plötzlich klar wurde, dachte sie jetzt an ihn, weil sie auf das starrte, was von dem Gegenstand übriggeblieben war, den er am meisten gemocht hatte: eine Flasche in Form einer Traube, in der der Weinessig aufbewahrt wurde und die jetzt in Scherben auf dem Tisch und überall herumlag, und die Flecken im Holz dort, wo der Essig eingesickert war. Sie runzelte die Stirn, drehte sich schnell vom Tisch weg. Die Tür zur Speisekammer stand offen, und über den Boden verstreut lagen eine große Packung mit grob gemahlenem Salz, Konservendosen und ein Besen, aus dem das Stroh herausgezupft war.

Sie ließ Portemonnaie und Buch auf den Schaukelstuhl fallen und rannte durch das Wohnzimmer zur vorderen Eingangstür, die sie aufschloß und gerade in dem Augenblick aufstieß, als Otto den ersten Schritt auf die Veranda machte.

«Es ist jemand im Haus gewesen.»

Er stellte den Strohkorb ab. «*Hier?*» Und als das Staunen einer hilflosen Wut Platz machte, wiederholte er «Hier» ohne Nachdruck oder Überraschung, als habe er alles, was er zu wissen brauchte, in einer halben Minute begriffen.

Wer immer es gewesen war, er war durch das Schlafzimmer im Erdgeschoß hereingekommen. Die Fensterscheibe war eingeschlagen, der Laden aus den Angeln gerissen. Aus der Schaumgummi-Matratze, die über den Boden geschleift worden war, ragte noch immer der Griff eines französischen Hackmessers. Das Rohrgeflecht der Eßzimmerstühle war zerfetzt, Meeresmuscheln, zu Staub zertreten, auf dem Boden, kaputte Lampen, der Paisleystoff der Sofadecke in Streifen gerissen, Kissen ausgenommen, und über jedes Bild oder Foto war mit Farbe ein riesiges X gemalt. Oben im Badezimmer lag eine verweste Spottdrossel in der Wanne, und Talkumpuder, Aspirin, Desinfektionsmittel und Mundwasser waren auf den Boden gekippt worden. Kleider waren aus den Schränken gezerrt und wie wahnsinnig mit Scheren zerschnitten worden. Bücher waren in zwei Hälften gerissen. Im Eßzimmer fand Sophie unter dem Tisch eine leere Bourbonflasche.

Sie hörten bald auf, überrascht aufzuschreien; sie sammelten die Gegenstände ein, untersuchten sie und ließen sie wortlos wieder fallen. Otto hielt den zertrampelten Rücken eines Buches hoch, damit Sophie ihn sehen konnte; Sophie zeigte ihm eine Scherbe des Kruges aus Bennington-Porzellan. Er fing an, die Möbel zurechtzurücken, das zerbrochene Glas mit dem Papprücken eines Bildes zusammenzukehren. Sophie packte die Suppendosen in die Speisekammer, holte den Besenstiel und steuerte auf das Wohnzimmer zu. Man hätte es ebensogut anzünden können. Sie trafen sich vor dem Kamin, wo zwischen den aufgetürmten Taschenbüchern und Zeitschriften ein Haufen getrockneten Kots dahockte wie eine verwesende Kröte.

«Es muß mehr als einer gewesen sein», sagte Sophie.

«Ein ganzes Bataillon», sagte Otto. «Komm, wir gehen hier raus.»

«Aber wir können es doch nicht so lassen –»

«Nein, nein ... Wir gehen und holen Mr. Haynes. Diesen Scheißkerl. Er muß es gemerkt haben.»

Sie machten sich nicht die Mühe, die Türen abzuschließen.

Haynes wohnte ein paar Kilometer entfernt. Er betreute die Sommerhäuser. Früher einmal hatte er eine kleine Kartoffelfarm gehabt, aber sie war 1953 pleite gegangen, und da Flynders damals begonnen hatte, aus seinem dreißigjährigen Schlaf zu erwachen – einer Zeit, während der es unmerklich von einer Stadt zu einem Dorf herabgesunken war und sich in eine Sommersiedlung verwandelt hatte –, machte sich Haynes für die Leute aus der Stadt nützlich. Er schloß ihre Häuser am Memorial Day auf und im September wieder zu, und manchmal stellte er für ihre Winterferien die Heizung und das Wasser an. Er arbeitete auch als eine Art inoffizieller Bauunternehmer und heuerte für die anfallenden Arbeiten Leute an.

Haynes' Grundstück sah aus, als wäre es von einer Zentrifuge zusammengeworfen worden. Das Haus, ein zwergenhaftes, aus verschiedenen Baumaterialien zusammengestückeltes Konglomerat, schwebte an seiner nordöstlichen Ecke über dem Grund, und obwohl man, wenn man sich bückte, unter den Fußboden geklemmte Balken und Bretter sehen konnte, war die Illusion eines unmittelbar bevorstehenden Einsturzes überwältigend.

Drei Fahrzeuge in unterschiedlichen Phasen des Verfalls standen auf drei Rädern, auf zwei, auf gar keinem in einer Reihe, die sich mehr oder weniger geradeaus auf einen schützenden Unterstand zubewegte, als wären sie just vor Erreichen ihres Ziels niedergeschlagen worden. Nur der Ford-Laster sah aus, als könne er noch fahren. Gegen jede Mauer lehnten Gummireifen. Dosen, Werkzeuge, Eimer, Schlauchstücke, verrostete Bratroste und Gartenmöbel lagen vor dem Haus verstreut. Das Ganze vermittelte einen Eindruck affenartiger Ruhelosigkeit – als ob jeder Gegenstand aufgehoben und wieder fallengelassen worden wäre, wobei die Vergeßlichkeit einer Sekunde jede Erinnerung an die ursprüngliche Absicht ausgelöscht hatte. Quer über die Veranda war eine Wäscheleine gespannt, über der ein paar schlaffe Fetzen hingen. Ein Fahrrad mit verbogener Lenkstange lag gegen die Stufen gelehnt. Und aus einem kleinen Schornstein quoll schwarzer Rauch, als würden drinnen im Haus die Bewohner eilends immer mehr von den widerlichen Abfällen verbrennen, bevor diese sie endgültig überfluteten.

Als die Bentwoods aus dem Auto stiegen, warf sich ein riesiger, scheinbar gelenkloser Hund, der von der Rückseite des Hauses nach vorn gelaufen war, vor ihren Füßen auf den Boden, rollte sich auf den Rücken und winkte mit seinen schlaffen Beinen. Als Otto zur Seite trat und «Mein Gott!» murmelte, jaulte der Hund freudig auf und sprang auf die Füße. Die Tür zur Veranda öffnete sich, und Mr. Haynes streckte sein schmales, unrasiertes Gesicht heraus.

«Weg da, Mamba!» rief er dem Hund zu. «Ach, hallo, Mr. Bentwood und Mrs. . . Was machen Sie denn in dieser Jahreszeit hier draußen in der Pampa? Sie wollen mir doch nicht erzählen, daß der Sommer aufgewacht ist und sich hier hereingeschlichen hat, und ich habe es nicht einmal gemerkt?»

«Hallo, Mr. Haynes», sagte Otto frostig.

Während sie unsicher die wackligen Bretter der Veranda betraten, schob Mr. Haynes seinen Kopf ein bißchen weiter vor und runzelte die Stirn. «Schauen Sie, daß dieser Hund hier nicht reinkommt», sagte er. «Sie ist läufig. Zu groß, um sie ins Haus zu lassen. Sitz, Mamba! Die Feuchtigkeit macht ihr nichts aus, sie hat ja genug Fell.»

Er öffnete die Tür, um sie ins Haus zu lassen. «Wieder mal so ein Geschenk von euch Sommergästen», sagte er und lächelte wie ein Wolf. «Hab sie am Strand drüben an der Bucht gefunden, hat gerade eine tote Seemöwe abgeschleppt. Ach, ihr Leute mit euren Viechern! Menschenskinder! Wenn ich alle behalten würde, die hier ausgesetzt werden, hätte ich einen ganzen Zoo.»

Weder Sophie noch Otto hatten je zuvor das Haus der Haynes betreten. Das erste, was sie sahen, an der Wand neben der Tür, war ein riesiger Ring voller Schlüssel, und danebengeheftet ein gelber Zettel mit einer langen Liste von Namen und Telefonnummern.

In diesem dunklen, feuchten Raum, in dem sie standen, war eine ungewöhnliche Menge kleiner Bücherregale aufgestapelt, wie in einem Lager. Wieviel Mr. Haynes auch immer verdiente, er besserte sein Einkommen offensichtlich mit den Hinterlassenschaften der Sommergäste auf.

«Netter kleiner Salon hier», sagte er, «aber gehen wir besser in die Küche. Dort verbringen wir unsere Zeit, solange es draußen so kalt ist. Da drinnen ist es gemütlich und warm, und die Leute vom Land lieben nun mal ihre Küche.»

Rund um den Küchentisch saßen wie eingeknickte Getreidesäcke Mrs. Haynes und die drei Haynes-Kinder, zwei Jungen, noch keine zwanzig, und ein Mädchen, das ein paar Jahre jünger war. Das Mädchen war entsetzlich dick. Unter einem Wust verbrannt aussehender, blondlicher Haare starrte sie mit offenem Mund auf eine Ausgabe von *Life*.

«Also, das sind Duane und Warren», rief Mr. Haynes gutgelaunt. «Glaube, Sie haben sie schon mal gesehen, damals, als wir Ihre Veranda repariert haben. Und das da drüben ist Connie, das Glamourgirl. Und natürlich kennen Sie Mrs. Haynes hier. Das sind die Bentwoods, Toddy, falls du dich nicht mehr erinnerst. Ihnen gehört jetzt das Haus, wo früher die Klingers waren.»

«Setzen Sie sich!» sagte Mrs. Haynes streng. «Stehen Sie hier nicht so herum. Wir freuen uns, daß Sie da sind.»

Da es keine freien Stühle gab, blieben Sophie und Otto im Eingang stehen, bis sie, einen Augenblick später, von den vereinten Gerüchen nach Hund, gebratenem Fleisch, Haar und Haut, Zigarette und Holzrauch so überwältigt wurden, daß sie rückwärts wieder in den Salon traten. Mr. Haynes, der hinter ihrem Rückzug irgendeine vornehme Rücksichtnahme vermutete, rief: «He, Leute, seid nicht so schüchtern! Uns kann hier die ganze Welt zuschauen!» und er nahm die beiden Bentwoods links und rechts beim Arm und schob sie mit Gewalt wieder in die Küche zurück. Niemand hatte sich während Mr. Haynes' Ansprache gerührt. Dann aber erhob sich Duane auf irgendein Zeichen seines Vaters hin, reckte sich, drängte sich an Otto und Sophie vorbei und kehrte kurz darauf mit zwei Stühlen mit gerader Rückenlehne zurück. Er wartete mit beleidigender Geduld, bis sie zur Seite traten, damit er die Stühle auf den Küchenboden knallen konnte.

Die Sorge der Bentwoods angesichts der Gewalt, die ihnen angetan worden war, verblaßte vorübergehend, als sie sich der Szene verlotterter Intimität stellten, die sich ihren Augen darbot. Die Hitze aus einem großen schwarzen Ofen, auf dessen Vorderseite *Iron Duke* geschrieben war, hätte draußen noch den ganzen Hof mitaufwärmen können. Reste vom Sonntagsessen lagen auf dem mit einem Wachstuch bedeckten Tisch. Beide Jungen rauchten, und sie rauchten während der ganzen Zeit, die Sophie und Otto dort verbrachten, weiter, als würden sie einen boshaften Wettbewerb veranstalten, um zu sehen, wer die letzte Pall Mall aus der Packung bekäme, die neben einer Schale mit Mixed Pickles auf dem Tisch lag.

Connie verkündete: «Ich seh jetzt fern.»

«Du wartest, bis wir mit den Bentwoods geredet haben», sagte Mr. Haynes, warf ihr einen bösen Blick zu und lächelte dann Otto breit an, als sei die mißmutig erklärte Absicht seiner Tochter ein gelungenes Beispiel für ihren Charme. Aber Connie ignorierte ihren Vater. Sie griff über ihre Mutter hinweg zum Fernsehapparat, der inmitten eines Berges von schmutziger Wäsche auf einer neu aussehenden Waschmaschine stand. Mrs. Haynes klatschte ihr auf die ausgestreckte Hand.

«Sie tun nichts, was man ihnen sagt», sagte Mrs. Haynes leutselig. «Sind alle gleich, die jungen Leute von heute.»

«Also, Toddy, wir waren doch ganz genau so», sagte Mr. Haynes und grinste Sophie anzüglich an. «Und wir wissen, was sie wollen, weil wir ja auch mal jung waren. Stimmt's?»

«Jemand ist in unser Haus eingebrochen und hat alles kaputtgemacht», sagte Otto laut.

Duane und Warren strafften den Rücken und betrachteten die Bentwoods mit echtem Interesse, so als sähen sie endlich irgendeinen Sinn in ihrer Existenz. Selbst Connie hörte auf zu schmollen und richtete ihre leicht hervorstehenden Augen auf ihre Gesichter. Mr. Haynes' Mund zuckte, und seine Nase wurde rot.

«Oh, du meine Güte!» sagte Mrs. Haynes.

«Also so was!» rief ihr Mann. «Das kann ich kaum glauben. So was ist hier in dieser Gegend ja noch nie passiert. Draußen am Strand ist es was anderes, da treibt sich dieses ganze Gesindel aus der Stadt herum. Aber hier ... Mensch, Tom soll doch jede Woche nachsehen, ob die Sommerhäuser in Ordnung sind. Stimmt's, Toddy? Sie kennen ihn doch, Tom, den Wächter von den State Troops, oder, Mr. Bentwood? Wir haben ihn gerade letzte Woche gesehen, und da hat er gesagt, wie ruhig es in Flynders ist, was für eine Erholung es ist, in unser kleines Nest zu kommen. Keine Kriminalität hier. Stimmt's, Jungs? *Ich habe gesagt: Stimmt's?*»

Duane kicherte und drückte seine Zigarette in seinem Teller aus und nahm sofort eine neue. «Stimmt, Daddy», sagte Warren.

«Ich gehe und hole Tom», sagte Haynes. «Er hat heute frei. Trotzdem kann er mal seinen Arsch in Bewegung setzen und zu Ihnen kommen. Wir kümmern uns um diese Sache.»

«Haben sie denn irgendwelche Wertsachen geklaut?» fragte Mrs. Haynes und sah Sophie eindringlich an.

«Es scheint nichts zu fehlen», antwortete sie. «Sie haben nur alles kaputtgemacht, was da war.»

«Das könnten Kinder gewesen sein, wissen Sie», brachte Mr. Haynes mit einer etwas traurigen Stimme vor, «wenn sie Alkohol getrunken haben. Ihr Sommergäste laßt immer diesen ganzen Alkohol herumstehen. Für manche junge Leute ist das verdammt zuviel. Ihr Leute kommt und geht. Aber sie müssen hierbleiben. Verstehen Sie, was ich meine? Stimmt's, Jungs?» Er lächelte und beugte sich vor, eine Hand auf jedem Knie, und durch sein Lächeln schimmerte seine Gemeinheit wie ein Stein unter Wasser. Mrs. Haynes zog geistesabwesend ein Stück Fleisch vom Braten herunter, der in seinem Fett abgekühlt war, und stopfte es sich in den Mund. Connie wandte sich wieder ihrer Zeitschrift zu.

«Okay, Leute. Gehen wir und schauen wir uns den Schaden mal an», sagte Haynes. «Warren, wann bringst du diesen gottverdammten Caddie endlich mal zum Schrottplatz? Ich komme mit dem Chevy nicht aus dem Schuppen, wenn dieses Ding da quer überm Weg liegt.»

«Du kannst drum rumfahren, wie immer», bellte Warren. «In diesem Wagen sind noch viele Sachen, die ich ausschlachten kann. Du hast doch selbst heute früh gesagt, daß noch ein Haufen Zeug drin ist, das wir verwerten können.»

Mr. Haynes zuckte hilflos die Achseln. «Machen nichts, was ihr Vater sagt», sagte er zu Otto. «Kein Respekt.» Und er lächelte.

«Wir fahren Sie zurück», bot Otto an. «Wir würden jetzt gern anfangen.»

«Ich ruf noch schnell Tom an», sagte Haynes. Er stand auf und nahm eine kurze Lederjacke von einem Haken an der Wand. «Ich bin heute noch gar nicht draußen gewesen. Aber es sieht nicht kalt aus. Oder doch?» Otto schüttelte den Kopf, dann sagte er mit erstickter Stimme: «Nein». Haynes verließ den Raum. Mrs. Haynes starrte auf das schmutzige Geschirr. Duane fing an, mit einem Löffel gegen ein Glas zu schlagen.

«Hör mit diesem Lärm auf!» rief Mrs. Haynes zornig. Er warf ihr einen grimmigen Blick zu und ging zur Hintertür, fluchte, als das Schloß klemmte, dann zog er sie mit einem Ruck auf und warf sie hinter sich zu.

«Wir warten im Auto», sagte Otto in die Richtung von Mrs. Haynes. Sie nickte gleichgültig und stieß dann einen schweren Seufzer aus. «Hilf mir abräumen, Connie», befahl sie. Connie schüttelte den Kopf, aber ihre Mutter zog sie hoch. Als Sophie zurückblickte, sah sie, wie Mutter und Tochter umständlich schmutzige Teller vom Tisch entfernten.

«Tom ist in einer halben Stunde da», teilte Mr. Haynes mit und wehrte, während er sich auf den Rücksitz des Mercedes setzte, Mambas wilde Umarmung ab. Er entschuldigte sich zuerst wortreich für den Hund, den er hinausschob, und dann für seine schmutzigen Stiefel. Er schien suggerieren zu wollen, daß es den Bentwoods in Wirklichkeit lieber gewesen wäre, wenn er hinter dem Wagen hergelaufen wäre. Otto schnitt seine Entschuldigungen ab, indem er die Schäden im Haus aufzählte. Als sie in den Hof fuhren, verspürte Sophie einen starken Widerwillen, ins Haus zurückzugehen, aber sobald sie drinnen war, erfüllte sie so etwas wie Apathie.

Tom, der Wächter, traf, wie er versprochen hatte, nach einer halben Stunde ein. Er sah adrett aus in seinen zivilen Kleidern; seine Haare waren angeklatscht, sein Gesicht glattrasiert, sein Ausdruck leer und seine Stimme unpersönlich.

«Könnte jeder gewesen sein», sagte er, nachdem er sich umgesehen hatte. «In den letzten Jahren hat es eine Menge solcher Vorfälle gegeben. Meistens Kinder. Oft nehmen sie gar nichts mit, vielleicht ein Radio oder irgendwas Kleines, was sie tragen können. Haben Sie ein Radio? Nein? Und Sie können nicht feststellen, daß was fehlt? Na, ich nehme nicht an, daß sie mit dem, was Sie hier drin haben, viel anfangen könnten.» Er winkte mit der Hand in Richtung des Wohnzimmers, als könnte sich dort, nach seiner Einschätzung des Trümmerfeldes, nichts von größerem Wert befinden.

«Heutzutage wachsen sie doch wie die Wilden auf», sagte er. «Wir haben alle Hände voll zu tun mit Leuten, die Drogen nehmen, und mit den Hippies aus der Stadt, die sich hier den Winter über verkriechen. Ein Pärchen –

Sie werden's kaum glauben – hat zwei Monate lang in der alten Scheune von irgend jemand gehaust, bevor wir sie entdeckt haben. Sie sind nicht so bescheuert, wie sie aussehen, wissen Sie. Diese beiden kannten unseren Zeitplan, und wenn wir auf das Grundstück kamen, um nachzusehen, gab es dort kein einziges Anzeichen von Leben.»

«Nein!» rief Mr. Haynes aus. «Sie wollen sagen, ein Junge und ein Mädchen?»

«Richtig», sagte Tom. «Wir hätten sie vielleicht nie erwischt, wenn sie nicht einen streunenden Hund zu sich genommen hätten, der zu jaulen anfing, als wir den Wagen in der Nähe der Scheune abstellten.» Dann wandte er sich der offiziellen Schuldfrage zu und sagte den Bentwoods, er sei gerade erst dagewesen und habe ihr Haus in der Woche zuvor kontrolliert. «Da sah alles ganz okay aus», sagte er. «Wir haben keine zerbrochenen Fensterscheiben oder sonstwas gefunden.» Sophie dachte an die Spottdrossel. Sie war schon lange tot, und sie wäre auf jeden Fall nicht mitten im Winter um das Haus herum geflogen. Sie warf einen kurzen Blick auf Toms undurchdringliches Gesicht. Vielleicht wußte er nicht einmal, daß er gelogen hatte; vielleicht gestand er sich eine Lüge nur dann ein, wenn sie widerlegt wurde.

«Aber da liegt ein toter Vogel in der Badewanne», sagte sie mit leiser, unsicherer Stimme, «und der ist schon eine Weile tot.»

Tom wandte sich zu Sophie und starrte sie schweigend an, seine Augen unverwandt in ihre bohrend. Dann sagte er ohne jeden Nachdruck: «Wir waren letzte Woche hier draußen.»

«Ich messe mal dieses Fenster aus», sagte Mr. Haynes, «und komme gleich morgen früh, um es zu reparieren. Ich glaube, ich habe ein Stück Glas im Schuppen, das passen könnte.» Er zog ein Maßband aus seiner Jackentasche. «Seht euch mal das an!» rief er vergnügt. «Ich war mir nicht mal sicher, daß es da ist, als ich hineingriff.»

«Was sollen wir machen?» fragte Otto. «Müssen wir Gitter vor die Fenster tun?»

«Ich glaube nicht, daß sie es noch einmal versuchen werden», sagte Tom und drehte Sophie den Rücken zu. «Ich meine, sie haben bei Ihnen wirklich *ganze* Arbeit geleistet. Es tut mir leid, daß das passiert ist. Aber wenigstens haben sie das Haus nicht angezündet. Draußen in Mascuit haben wir zwei Brände gehabt.»

«Sie brennen ganze Häuser ab?» rief Haynes aus dem Schlafzimmer. Er ging zurück ins Wohnzimmer und versuchte unterdessen, das Maßband in sein Gehäuse zurückzurollen. «Das verdammte Ding ist kaputt», brummelte er.

«Sie haben zwei Häuser bis auf die Grundmauern abgebrannt. Einer der Eigentümer ist in Europa, und wir können ihn nicht einmal erreichen.» Sophie glaubte oder bildete sich ein, aus Toms Stimme einen Hauch Genugtuung herauszuhören. Es war schwer zu sagen; er gab nicht viel mehr preis als sein Äußeres. Gott weiß, was in seinem Inneren vor sich ging.

Tom ließ beim Wegfahren die Gangschaltung kampflustig krachen, dann stiegen Otto und Haynes in den Mercedes und fuhren davon.

Sophie aß ein halbes Schinken-Sandwich und ein hartgekochtes Ei in der Küche, wo weniger beschädigt war als in den anderen Räumen.

Später, als sie die Trümmer in Papiersäcke füllte, spürte sie, daß sie langsam ihre Beherrschung wiederfand. Während der Arbeit erhaschte sie durch das Küchenfenster einen Blick auf die Wiesen. Die zerbröckelnden Überreste einer alten Steinmauer fingen das Sonnenlicht in ihren mit Erde gefüllten Rissen ein. Sie las den toten Vogel mit einem Stück Küchenpapier auf und säuberte den Badezimmerboden, so gut sie konnte. Es gab kein Wasser, um ihn zu schrubben. Dann fand sie in dem kleinen Keller eine Schaufel und trug den Kothaufen hinaus hinter das Haus und warf ihn, so weit sie konnte.

Als Otto zurückkam, sagte sie ihm, daß nichts fehle außer der Taschenlampe, die sie im Schlafzimmer aufbewahrt hatte. Und sie war sich sicher, daß in der Flasche, die sie unter dem Tisch gefunden hatte, ohnehin nur noch ganz wenig Bourbon gewesen war. Er war in die Küche gegangen, stand am Fenster und schaute hinaus.

«Was ich am meisten vermissen werde, wenn ich tot bin», sagte er, «ist dieses Licht am späten Nachmittag.»

«Sie hätten unser Haus anzünden können, Otto», gab sie zu bedenken. «Es hätte viel schlimmer kommen können.»

«Ich bringe mal den Vogel und die Scheiße raus», sagte er.

«Das habe ich schon erledigt.»

«Es ist ein wenig so, als würde man eine Sekunde, bevor die *Titanic* untergeht, die Klospülung betätigen», sagte er.

«Wir sind aber nicht untergegangen», widersprach sie. «Wir sind nur geschädigt worden.»

«Ich wollte, es könnte mir jemand sagen, wie ich leben kann», sagte er und warf ihr einen Blick zu. Die halbe Frage machte sie auf peinliche Weise betroffen, und sie wandte sofort den Kopf ab, damit er ihr Gesicht nicht sehen konnte. Sie spürte, wie ungerecht ihre Reaktion war – was machte es schon, wenn seine Worte infantil wären? Die Bitte, die sich dahinter verbarg, war es nicht. Aber *sie* konnte niemandem sagen, wie er zu leben habe! Vielleicht wäre es in Ordnung gewesen, wenn er sie nicht angesehen hätte – wenn er aufgeschrien und sich selbst vergessen hätte. Vergessen hätte, wie das, was er sagte, vielleicht klingen mochte, wenn er gerufen hätte: «Ich weiß nicht, wie ich leben soll!»

«Niemand kann das sagen», erklärte sie kategorisch.

«Vielleicht sollten wir wegziehen.»

«Wohin?»

«Ich kann ja nicht einmal wegziehen. In meinem Alter könnte ich doch keine Kanzlei in Chicago oder sonstwo aufziehen.»

«Chicago mag ich nicht.»

«Wie wär's mit Halifax?»

«Es ist ja nur die Einrichtung ...»

«Es gibt keinen Ort für das, was ich fühle.»

«Hör mir zu, Otto. *Es war nur die Einrichtung.*»

«Aber siehst du denn nicht, wie grausam das ist? Und so sinnlos ... Es würde mir nichts ausmachen, bei einer Revolution erschossen zu werden, oder daß mein Haus angezündet wird ...»

Sie lachte hysterisch. «Es würde dir nichts ausmachen, erschossen zu werden!» rief sie.

«Es muß irgendeinen Sinn haben», sagte er störrisch und griff nach einer verschandelten Skizze des Hauses, die irgend jemand einmal für sie angefertigt hatte, und schwenkte sie vor ihr hin und her. «*Das* ist sinnlos. Es steht für keine Idee. Es ist primitiv, die Sinnlosigkeit ...»

«Vielleicht ist es in einer Sprache, die du nicht sprichst –»

«Möchtest du irgendwelche Schweine verteidigen, die in deinen Kamin scheißen?» wollte er wütend wissen.

«Ach, Otto», sagte sie und legte den Kopf auf ihren Arm.

«Ich frage mich, ob diese Haynes-Idioten etwas damit zu tun hatten. Wie sie uns hassen! Hast du gesehen, wie sie sich über unser Problem gefreut haben? Alles in dieser Küche war genauso, wie sie es haben wollen: Connie, und der Fernseher auf der Waschmaschine, und Duane, der rittlings auf seinem Stuhl sitzt, und dieser Kalender von 1953 – das alles hat mir eines gesagt. Und zwar: *Stirb*!»

Sie ging ins Wohnzimmer und betrachtete die kahlen Wände. All die hübschen kleinen Dinge waren weg, Dinge, die sie in Trödelläden entdeckt oder irgendwo gefunden oder in Antiquitätengeschäften gekauft hatte. Otto kümmerte sich um Autos und Versicherungspolicen, Immobilien und Hotelreservierungen, um all das. Aber er war kein Sammler.

«Ich vermute, unsere Versicherung wird dafür aufkommen», rief sie ihm zu.

«Nenne mir die Kategorie», sagte er mit bitterer Stimme und kam zur Küchentür, immer noch die Skizze in der Hand. «Wie nennt man so etwas?»

«Mein Gott!» rief sie aus. «Man nennt es Vandalismus, das genau ist es ...»

Sie fuhren durch das Dorf, ohne die vertrauten Marksteine zu kommentieren; die Rotbuchen sahen tot aus, wie Bäume in den Kulissen, ein vorgetäuschter Wert. Otto wich von seiner Gewohnheit ab, eine der Tankstellen in Flynders profitieren zu lassen, und hielt erst vor dem Highway an, um zu tanken.

Die Allee betäubte sie. Der Wagen kletterte Hügel hinauf und hinunter wie ein mechanisches Spielzeug am Ende eines Metallarms. Alles war in Zwielicht getaucht; plötzlich gingen die Lichter an. Dann stieg in der bleichen Leere von Sophies Kopf nach und nach eine Erinnerung auf. Etwas Ähnliches hatte sie schon einmal empfunden, in dem Jahr, nachdem Francis nach Locust Valley zurückgegangen war. Damals hatte sie wie jetzt eine lähmende Müdigkeit übermannt. Sie hatte unter leichten, aber anhaltenden Fieberanfällen gelitten. Noel hatte sie mit Vitamin B 12 vollgespritzt und unverblümt ein beratendes Gespräch mit einem Kollegen, einem Psychiater, vorgeschlagen. Sie hatte abgelehnt, war aus ihrer Benommenheit lange genug aufgetaucht, um Noel zu sagen, daß sie es nicht ertragen könne, über sich selbst nachzudenken. Sie hatte abgenommen, war abgespannt, lethargisch und gleichgültig geworden. Sie richtete sich ruckartig auf und stieß mit dem Arm gegen die Tür. Sie wollte diese Leere nicht ...

«Was ist los?» fragte Otto.

«Nichts.»

Er redete wieder mit ihr, aber sie verstand ihn nicht. Er blickte zu ihr hinüber. «Ich habe gesagt, daß wir vielleicht noch einmal darüber nachdenken sollten, ein Kind zu adoptieren. Hast du mich gehört?»

«In Ordnung.»

«*In Ordnung*! Das sind also deine Gefühle?»

«Du hast kein Recht, mich das zu fragen. Meine Gefühle sind in bezug auf dieses Thema schon lange erschöpft. Als ich es wollte, hast du dich aufgeführt, als hätte ich dich gebeten, mir einen Mähdrescher zu besorgen.»

«Na gut, jetzt denke ich anders darüber.»

«Ich glaube nicht, daß du es ernst meinst. Wenn ich glaubte, daß du es ernst meintest ...»

«Was dann?»

«Ich weiß nicht ...»

«Nimm meine Hand!» forderte er sie plötzlich auf und streckte ihr seine Hand hin. Sie zögerte, dann reichte sie ihm die rechte Hand über ihre Brust hinweg und ergriff seine. Er hielt sie eine Sekunde lang fest.

«Macht dir der Biß noch zu schaffen? Ich habe gedacht, er sei okay.»

«Die Stelle ist noch empfindlich.»

«Hast du deine Tabletten genommen?»

«Ich habe es vergessen, da draußen.»

«Das wenigstens ist ausgestanden.»

«Noch nicht. Wann werden sie die Katze einschläfern?»

Sie fuhren jetzt durch Queens, aber in der Dunkelheit, in der die Scheinwerfer herumstocherten, lag nur eine Reihe von Straßen.

«Wenn sie diese Tests mit ihr gemacht haben», sagte er.

«Sie werden sie nicht behalten – okay, ich weiß, daß sie sie erst untersuchen werden, Otto. Ich meine, behalten sie sie eine Woche oder einen Tag oder zwei Tage lang, für den Fall, daß irgend jemand sie zu sich nehmen will?»

«Dieses alte Viech? Wer würde das schon nehmen?»

«Kannst du morgen bis Mittag zu Hause bleiben?»

«Warum glaubst so beharrlich, daß sie dich anrufen werden?»

«Es besteht immerhin noch die Möglichkeit, daß sie es tun.»

«Also, von mir aus!» explodierte er wutentbrannt. «Dann bekommst du eben die Spritzen, vierzehn insgesamt, und sie tun weh, und möglicherweise nützen sie nicht einmal was!»

Sein Ausbruch gab ihrer Laune erheblichen Auftrieb.

«Du verstehst nicht», sagte sie, beinahe dankbar. «Was mich beunruhigt, ist das, was dahintersteckt.»

«Wir haben ein paar üble Tage erlebt. Nichts steckt *hinter* irgend etwas. Was, um Gottes willen, willst du? Willst du, daß Charlie mich umbringt? Wäre es dir lieber, wenn das Ferienhaus abgebrannt wäre? Wäre es dir lieber, wenn dieser Neger uns umgebracht hätte? Und wenn eine Kugel in Mike Holsteins Wand steckengeblieben wäre, statt daß ein Stein auf dem Boden landete? *Willst du die Tollwut haben*?»

«Aber in gewisser Weise hätte alles, was du sagst, Wirklichkeit werden können! Noch ein Schritt, noch eine Minute –»

«Aber es ist nicht passiert!» rief er, fuhr mit einem Ruck weiter und tastete nach dem Schaltknüppel. «O Gott, ich bin bei Rot durchgefahren!»

«Kannst du dir den Vormittag nicht freinehmen?»

«Nein», sagte er schroff. «Jetzt schon gar nicht.»

«Gerade jetzt!»

«Ich *muß* dasein. Wenn ich jetzt die Zügel schleifen lasse, kommt die Katastrophe. Sophie –» rief er störrisch, «das ist alles, was ich weiß.»

Nach einer Weile sagte sie: «Mach dir nichts aus dem, was ich sage.»

«Kann ich nicht», erwiderte er leise. «Tu ich nicht, und kann ich nicht.»

Sie bereitete das Abendessen für sie beide zu, während er seinen Versicherungsordner durchsah. Nachdem sie gegessen hatten, fertigten sie ein Verzeichnis mit den Reparaturen an, die sie durchführen lassen mußten, und mit allem, was zu ersetzen war. «Was sie mit all den Betten gemacht haben!» sagte Otto. «Warum haben sie die nur alle aufgeschlitzt?» Aber sie würden Haynes weiter als Hausmeister beschäftigen müssen. Wenn sie jemand anderen nehmen würden, würde Haynes es ihnen irgendwie heimzahlen.

«Ich habe bemerkt, daß du, als wir nach Hause kamen, gezögert hast hineinzugehen, nachdem ich die Tür aufgesperrt hatte», sagte Otto.

«Ich hatte eine makabre Vision», sagte sie. «Ich habe mir vorgestellt, sie wären auch hier gewesen.»

«Noch nicht», sagte er.

Sie lasen bis spät in die Nacht hinein, saßen im Bett gegen die Kissen gelehnt und tranken viele Gläser Rotwein. Wie gewöhnlich schlief Otto als erster ein.

Das Haus knarrte in der Dunkelheit leise vor sich hin. Gegen drei Uhr blies ein Ostwind die Straße hinunter, spielte in den jungen steifen Zweigen der Ahornbäume. Eine kleine graue Maus kam unter dem Kühlschrank der Bentwoods hervor, flitzte über den Küchenboden und hinaus ins Eßzimmer, wo sie sich unter den Schrank zwängte, in dem Sophie die Tischwäsche aufbewahrte.

Die Maus mußte etwas gehört haben, was sie erschreckte, denn sie drückte sich noch weiter unter den Schrank, bis zu einer Stelle, wo sich die alten Fußbodenbretter aus Zedernholz aufgeworfen hatten; dann konnte sie nicht mehr zurück. Die weißgraue Katze betrachtete die Telefondrähte und die Zweige der Bäume, die der Wind in Schwingung versetzt hatte. Sie balancierte mit der üblichen Leichtigkeit auf der schmalen Kante einer Querlatte des Zauns. Der Mann, der gegenüber dem Hinterhof der Bentwoods wohnte, stand auf, taumelte zum Fenster und erleichterte sich. Die Katze blinzelte, legte den Kopf zur Seite und lauschte dem Plätschern des Wassers auf dem alten Gartenweg. Der Mann fiel wieder ins Bett. Im nächsten Stockwerk wachte ein Säugling auf und fing an zu weinen. Er schrie in der feuchten Dunkelheit lange vor sich hin, wand unter großer Anstrengung Bauch und Po hin und her, und die bloße Kraft seines Geheuls hob und senkte den kleinen Oberkörper wie eine Pumpe. Der Vater stand von seinem Bett auf und ging durch das Zimmer zum Kinderbett, wo er dastand und auf ihn hinuntersah. Als sich seine Augen an die Dunkelheit gewöhnt hatten, sah er die Auf- und Abbewegung des Babykörpers. Er sagte nichts; seine Arme hingen reglos an den Seiten herunter. Sein T-Shirt reichte ihm gerade bis unter den Nabel, und er spürte den Wind, der durch die Risse im Fenster blies, dort, wo das Plastik sich von den Nägeln losgerissen hatte. Der Wind kühlte seine

Genitalien und Schenkel, und er legte seine beiden Hände gekrümmt vor den Unterleib und machte eine Art Nest für seinen Penis. Während er unverwandt auf seinen plärrenden Sohn blickte, hielt er sein Skrotum in den Händen. Das Baby wachte öfters morgens um diese Zeit auf, und der Vater kam oft, um es so zu betrachten. Er wußte nicht, was seine Frau machte oder dachte, wenn sie es war, die zum Bettchen kam. Heute nacht hatte sie sich nicht gerührt. Ganz plötzlich erstarb das Gebrüll des Kindes. Ein bekannter Geruch stieg von dem nunmehr entspannten und reglosen Körper auf. «Und das alles wegen so einer Scheißerei!» brummelte der Vater auf Spanisch vor sich hin. «Was für ein Skandal dieses Leben doch ist ...»

Das Geschrei des Babys hatte Otto aufgeweckt. Er starrte in die Dunkelheit und lauschte diesem fernen Kreischen, das so sehr dem einer Katze ähnelte. Als es plötzlich aufhörte, war er vollkommen wach. Er drehte sich um und sah die dunkle Masse von Sophies Haaren auf dem Laken neben ihm. Sie hatte im Schlaf das Kopfkissen aus dem Bett geschoben. Er schnupperte an ihrem Haar. Es hing noch ein Hauch des Parfüms darin, das sie immer trug, aber über ihm schwebte ein deutlich stärkerer chemischer Geruch. Der Inhalt dieser überdimensionalen Flasche, die er ihr geschenkt hatte, hatte sich wahrscheinlich in Alkohol verwandelt. Zu ihrem nächsten Geburtstag würde er ihr dafür lieber drei kleine Flakons kaufen. An ihrer Art zu atmen konnte er ahnen, daß ihr Mund zum Bettuch hin geöffnet war. Er berührte ihr Haar. Es waren dichte, kräftige, lebendige Haare. Ihr Nacken war warm, etwas feucht dort, wo ihr Haar seidiger, irgendwie zarter war. Er schmiegte seine Hand dorthin, unter die schwere Masse; seine Hand schien sein ganzes Ich zu sein, das sich im Dunkeln versteckte. Sie grummelte einmal, aber er ignorierte ihr Murren. Sie lag auf dem Bauch. Er ergriff ihre Schulter und zog sie zu sich, bis sie gegen ihn sank. Er begann ihr kurzes Nylonnachthemd nach oben zu schieben. Er wußte, sie mußte wach sein. Aber er würde ihren Namen nicht aussprechen. Er würde überhaupt nichts sagen. Im Laufe der Jahre war das manchmal passiert, daß er nicht mit ihr reden wollte. Es bedeutete nicht, daß er verärgert war. Aber bisweilen, nach dem Kino oder nach dem Theater oder nachdem ihre Gäste gegangen waren, wollte er einfach nicht mit ihr reden. Es war ein tiefsitzendes Gefühl, ein Gesetz seiner eigenen Natur, das hin und wieder befolgt werden mußte. Er liebte Sophie – er dachte über sie nach, über die Art von Frau, die sie war –, und sie war so sehr in sein Leben verstrickt, daß ihm die Zeit, in der er gefühlt hatte, daß sie von ihm weggehen wollte, mehr Leiden verursacht hatte, als er es sich selbst zugetraut hätte.

Er drückte seine flache Hand gegen ihre Hüfte. Noch immer sagte sie nichts. Er war plötzlich wütend, merkte aber, während er störrisch weiterschwieg, daß es nicht so sehr sexuelle Enttäuschung war, sondern eine Verzweiflung, ähnlich der, die er empfand, wenn er ihren Arm packen mußte, damit sie, wenn sie zusammen eine Straße entlanggingen, mit ihm Schritt hielt.

Er umklammerte ihre Hüfte und drehte sie zu sich, und als sie unter ihm auf den Rücken sank, sah er im schwachen Schimmer des Straßenlichts, das durch die Risse in den Fensterläden drang, ihre Augen wie dunkle Kleckse. Dann drang er ohne Umstände und auf perverse Weise erfreut über das Unbehagen, das er ihnen beiden damit verursachte, in sie ein. Als er sich zurückzog, nach einem Orgasmus von einer Intensität, die er nicht erwartet hatte, schoß ihm der Gedanke durch den Kopf, daß dieser plötzliche Impuls wenig mit Sinnlichkeit zu tun gehabt hatte.

Sie bewegte sich ein wenig, drehte sich dann wieder auf ihre Seite, winkelte die Beine an und schob ihren Rücken gegen ihn hoch.

«Ach, ja ...», murmelte sie.

«Entschuldigung», flüsterte er, und seine Stimme erstarb in einem Lachanfall.

Dieses Mal hatte er sie drangekriegt.

13

Es war sechs Uhr morgens. Durch die offene Küchentür fühlte Sophie das Licht der Morgensonne auf ihren nackten Füßen wie einen ausdauernden, ausdruckslosen, starrenden Blick. Sie schenkte sich ein gehörige Menge Whisky in ein Glas, schluckte ihn hastig hinunter, und während ihr Kopf nach hinten kippte, gewahrte sie die gewachste Oberfläche der Küchenschränke, ein Aufblitzen gescheuerter Töpfe, eine Reihe scharf geschliffener Sabatier-Messer, die an einem Magnetstreifen befestigt waren. Sie stellte das Glas ins Spülbecken und sah eine Linie, wie die Schleimspur einer Schnecke, aus getrocknetem grauen Schaum, die sich im Abfluß drehte, der Rest, die Spur nächtlicher Fluten eines in Rohren und Abwasserkanälen verborgenen städtischen Meers. Sie drehte den Hahn auf, spülte das Becken aus, gab laute, kindische Geräusche des Ekels von sich und amüsierte sich einen Moment über ihren eigenen Lärm. Dann ging sie rasch ins Eßzimmer, plötzlich gepackt von einem heftigen Verlangen nach mehr Sonne, nach Anzeichen von Leben in den Fenstern auf der anderen Seite des Hofes.

Ein Buch lag aufgeschlagen auf dem Eßzimmertisch, ein roter Bleistift zwischen seinen Seiten. Eine Tasse stand daneben, und in der Tasse lag eine schwammige Zitronenscheibe. Otto mußte in der Nacht heruntergekommen sein, um hier zu lesen. Bevor er über sie hergefallen war oder danach? fragte sie sich und erinnerte sich, daß sie mißhandelt worden war, sich aber nicht so fühlte.

Das kleine Stilleben, ein Echo von Ottos Präsenz, verunsicherte sie. Obwohl sie ihn gerade erst schlafend im oberen Stockwerk zurückgelassen hatte – nachdem sie schlagartig aus einem tiefen Schlaf erwacht war und sich neben dem Bett stehend wiedergefunden hatte, zitternd und am falschen Ort, als hätte sie die Nacht mit etwas Verbotenem verbracht –, ließen sie diese Mahnmale auf dem Tisch jetzt paradoxerweise an seiner Nähe zweifeln. Aber wahrscheinlich war es nur der Whisky. Sie hatte noch nie um sechs Uhr früh einen Drink zu sich genommen – es war eine grauenhafte Art, in einen Montag zu starten.

Er hatte einen Absatz unterstrichen, und sie beugte sich über das Buch, um ihn zu lesen. Da stand etwas über antipäpstliche Aufstände und dann: «Vierzehnjährige Knaben wurden reihenweise erhängt, um dem Gesetz Genüge zu tun», und danach ein Zitat eines Augenzeugen: «Niemals habe ich Knaben so weinen gesehen!»

«*Dem Gesetz Genüge zu tun*» war zweimal unterstrichen. Es hörte nicht auf, dachte sie und schaute durch die Tür in den Garten und überlegte pausenlos darüber nach, wie das Ding zu benennen sei, das nie aufhörte. Sie schlug das Buch über dem Stift zu und stellte es in ein Regal, wusch die Tasse aus und goß Wasser in die Kaffeekanne. Am Montag stand sie oft spät auf, aber diese Säumigkeit beunruhigte sie genauso wie in ihrer Kindheit. Wie damals verspürte sie auch jetzt gleich nach dem Aufwachen stets ein leises Unbehagen, ein Gefühl, als finde sie gerade noch rechtzeitig sicheren Halt. Der Montag war immer ein schreckliches Problem gewesen – einmal hatte sie sogar versucht, die ganze Nacht zum Montag wach zu bleiben, um ihrer Mutter zuvorzukommen, die grimmig und unversöhnlich in ihrer Tür stehen würde –, aber sie war kurz vor der Morgendämmerung eingeschlafen, um zwei Stunden später von ihrer Mutter geweckt zu werden, die unerbittlich über ihrem Bett in die Hände klatschte, und ihr Gesicht glänzte vom morgendlichen Schrubben, ihr Hauskleid war gestärkt, und sie sagte immer wieder: «Wer früh aufsteht, hat schon gewonnen.» Es waren dreißig Jahre vergangen, seit Sophie von diesem höhnischen Applaus geweckt worden war, aber sie hatte noch immer nicht herausgefunden, wie die Belohnung aussah, deren Existenz ihr die Worte ihrer Mutter vorgegaukelt hatten. Vielleicht war mit «gewinnen» einfach nur die Tyrannei gemeint gewesen, andere aufzuwecken.

Ein Mann auf der anderen Seite des Weges beobachtete sie. Sie schaute zurück über den stillen, sonnenüberfluteten Platz, der zwischen ihnen lag, war sich aber nicht bewußt, daß sie ihn wirklich ansah, bis sie sein Grinsen sah, das T-Shirt sah, das kurz unter seinem Nabel endete, sah, wie seine Hände, die vor seinen Lenden verschränkt gewesen waren, sich langsam voneinander lösten. Sie drehte sich rasch weg und dachte: Das ist *seine* Belohnung. Als sie dann doch noch einen verstohlenen Blick zurückwarf, sah sie, daß er jetzt einen Säugling in den Armen hielt und seinen Nacken mit einer Inbrunst küßte, die sie fast auf ihrem eigenen fühlte.

Im Haus ihrer Mutter waren jeden Tag Segenssprüche heruntergerattert worden, ein freudloser Katechismus, an dem sie sich (nachdem ihr Vater jeder Rezitation abgeschworen hatte) beteiligen mußte, und sei es auch nur mit einem rituellen «Ja», wenn ihre Mutter schrie: «Du hast Platz, gutes Essen, neue Schuhe, ein eigenes Zimmer, saubere Kleider, Schulbildung, eine gute Herkunft ...». Währenddessen aß die kleine Sophie nervös ihre Rosinen und rief: «*Ja, ja, ja* . . .» Hin und wieder stiegen sie, wenn ihre Mutter darauf bestand, am Sonntag alle drei in den Buick und fuhren dorthin, wo «die armen Leute» lebten. Es war gegen Ende der Weltwirtschaftskrise, der großen Depression, aber in den Straßen, in denen sie herumfuhren, konnte die Depression niemals enden. Sophies Mutter hatte den Wagen mit stumpfer Tüchtigkeit gesteuert, den Kopf so starr nach vorn gerichtet wie eine Kanone, die Augen geradeaus, mit triumphierendem Schweigen. Wenn sie arme Leute sagte, *meinte* sie arme Leute.

Was hatte Otto empfunden, als er heute irgendwann in der Nacht diese Zeilen las? Hatte das Aufknüpfen von Kindern ihn entsetzt? Aber warum hatte er diese Worte unterstrichen? Glaubte er, der Schrecken des Gesetzes bestehe darin, ihm Genüge tun zu müssen? Oder hatte er an sich selbst gedacht, an seine eigene Sehnsucht nach Ordnung? Oder sollte die doppelte Unterstreichung Ironie ausdrücken? Oder glaubte er, daß das Gesetz nur eine andere *Form* desselben tierischen Impulses war, den es doch gerade zügeln sollte? Sie waren seit fünfzehn Jahren verheiratet. Was wußte sie darüber, was er dachte? Sie kannte ihn in der Dichte ihres gemeinsamen Lebens, nicht außerhalb.

«Was machst du hier schon so früh?»

«Ich trinke», antwortete sie. Otto gähnte und erblickte dann die Whiskyflasche in ihrer Hand.

«Oho! Du trinkst wirklich ...»

«Morgens schmeckt er sehr gut», sagte sie. «Viel besser als auf Partys.»

«Zeig mir mal deine Hand.»

Sie streckte sie aus, damit er sie untersuchen konnte. «Die Schwellung ist völlig verschwunden, oder? ... Sieht gar nicht übel aus», sagte er.

«Und du siehst aus, als hättest du die Nacht durchgemacht», sagte sie. «Warst du denn die ganze Nacht auf?» Sie fing an, den Tisch für das Frühstück zu decken.

«Eine Zeitlang. Ich habe gelesen und Tee getrunken. Dann habe ich mich wieder schlafen gelegt, und dann hat mich das Baby geweckt ... Du machst dir jetzt keine Sorgen mehr wegen der Tests, die sie an der Katze vornehmen, oder? Ich habe dich noch nie so früh wach gesehen, seit dem Anfang unserer Ehe nicht mehr.»

«Bin ich gewöhnlich vor dir aufgestanden?» fragte sie erstaunt, als habe er ihr irgend etwas Alarmierendes von unmittelbarer Bedeutung mitgeteilt.

Er schenkte sich Kaffee ein.

«Bist du beunruhigt? Machst du dir immer noch Sorgen?» fragte er und hatte offensichtlich vergessen, was sie ihn gefragt hatte.

«Bis ich von ihnen höre, wahrscheinlich schon.»

«Aber sie werden nicht anrufen, Sophie.»

«Was für eine gräßliche, gleichgültige Art, Dinge zu regeln! Ich muß ohne ein Wort von ihnen bis zum Mittag warten. Dann, eine Minute später, soll ich wissen, daß alles in Ordnung ist?»

«Ich kann diesen tiefgekühlten Orangensaft nicht ausstehen –»

«Welchem Gesetz muß Genüge getan werden?» fragte sie.

Er rieb sein Gesicht kräftig mit beiden Händen, wie jeden Morgen, bevor er sich rasierte, und warf ihr einen verdutzten Blick zu.

«Welches Gesetz?»

«Ein Satz, den du in diesem Buch unterstrichen hast, in dem du gelesen hast. Ich fand es hier auf dem Tisch, zusammen mit deinem roten Bleistift.»

Er sah sie nachdenklich an, dann stellte er die halbgeöffnete Orangensaftdose ab. «Ihm wird niemals Genüge getan», sagte er endlich. «Das Gesetz ist ein Prozeß, nichts Absolutes. Ich werde ein Leben lang brauchen, um es zu begreifen.»

«Diese erhängten Kinder waren aber etwas Absolutes», sagte sie bitter. Dann fügte sie mit boshafter Stimme hinzu: «Das ist ein Punkt, wo ich den Unterschied zwischen dir und Charlie ganz genau kenne: Er wird seine Tage nicht damit verbringen, über das Wesen des Gesetzes zu meditieren!» Was, um Gottes willen, hatte sie da gesagt? Sie war so schrecklich wütend gewesen, aber was sie gesagt hatte – nun ja, sie hatte etwas Verheerendes, etwas Vernichtendes, etwas Endgültiges sagen wollen. Statt dessen hatte sie nur irgendeinen Unsinn hervorgebracht.

«Damit hast du recht», sagte Otto rundheraus. «Charlie wird über nichts nachdenken. Ich habe mir sogar überlegt, ob ich ihm ein Telegramm schicken sollte – an seine neue Adresse. Darin sollte stehen: ‹Glückwünsche zu einem erfolgreichen Leben!›» Er warf ihr einen kühlen, traurigen Blick zu, trottete dann den Flur hinunter, kehrte aber gleich wieder mit der Tageszeitung in der Hand zurück.

«Glaubst du, ich hätte diese Kinder aufgeknüpft?» fragte er sie.

«Ich weiß es nicht», sagte sie.

«Ich weiß nicht einmal, was ich geglaubt hätte. Es wäre vermutlich darauf angekommen, ob ich im Jahre 1790 Katholik oder Protestant gewesen wäre.»

Sie stöhnte laut auf und knallte dann die Butterplatte hin. Der Haß, den sie ihm gegenüber empfand, war so unerwartet, so mächtig, daß sie sich fühlte, als hätte sie sich über den Tisch auf ihn gestürzt. Er eilte zu ihr und legte ihr die Hand auf den Arm.

«Sophie ...», sagte er leise. «Ich könnte nicht einmal eine Katze aufhängen ... Was ist? Was ist los?»

«Ich ziehe mich an», murmelte sie und wandte ihr Medusenhaupt ab, weil sie sich entstellt vorkam durch den Abscheu, der so rasch von ihr Besitz ergriffen hatte und jetzt ebenso rasch wieder von ihr wich.

Während des Frühstücks vermieden sie, einander anzusehen. Sie lasen die Zeitung und tauschten die einzelnen Teile kommentarlos aus.

Als er gehen wollte, fragte Sophie ihn, ob Charlie seiner Meinung nach heute ins Büro kommen würde. Er hoffe nicht, erwiderte er. Charlie habe weiß Gott genug Zeit gehabt, um seine Sachen abzuholen. Niemand würde für irgend jemanden eine Party geben. «So zieht man wirklich einen Schlußstrich», sagte er.

«Ich wollte, du könntest zu Hause bleiben», sagte sie mutlos.

«Ich würde ... wenn es wirklich notwendig wäre.»

«Notwendig!»

Er griff nach seiner Aktentasche, warf ihr einen Blick reiner Verzweiflung zu und schrie: «Sophie! Das ist zuviel!» und schlug die Tür ins Schloß, bevor sie noch irgend etwas hätte zurückschreien können.

Es war halb neun.

Sie war entrüstet, daß er gegangen war und sie im kalten Eingang zurückgelassen hatte, wo sie immer noch sprachlos darum bettelte, daß irgendein Vorkommnis ihn zwingen würde zurückzukommen, daß er etwas vergessen hätte und daß er, sobald er die Tür aufgemacht hätte, keinen Grund mehr sehen würde, wieder fortzugehen. Sie wartete sogar noch ein paar Minuten mit angespanntem Oberkörper und lauschte. Er war wie alle anderen, stupide und stur, und behandelte seine eigenen Handlungen so, als leiteten sie sich von unumstößlichen Naturgesetzen ab. Verdammter Kerl! Er hatte sie ins Haus eingeschlossen und zugleich ausgeschlossen.

Aber wie lächerlich wäre es gewesen, wenn er geblieben wäre! Sie beide im Haus vor sich hin grübelnd, in der Erwartung, daß das Telefon läutete ... Madam, die Katze war tollwütig ... Gehen Sie zum Gesundheitsamt.

War es der Anruf, vor dem sie Angst hatte? Oder war es das Bewußtsein, daß sie diese Impfungen ablehnen würde? War das der Grund, weshalb sie, jeder Vernunft, allen Beschwichtigungen und Statistiken zum Trotz, nach wie vor an nichts anderes glaubte als an das Ereignis selbst? Und daß sich die entsetzliche Gewißheit, daß das Telefon vor zwölf Uhr läuten würde, nicht von der Vernunft oder ihren Prinzipien herleitete, sondern eine verhängnisvolle Einschätzung ihres wahren Lebens war?

«*Mein Gott, wenn ich tollwütig bin, dann bin ich genauso wie die Welt da draußen*», sagte sie laut und verspürte eine außergewöhnliche Erleichterung – so, als hätte sie endlich herausgefunden, was ein Gleichgewicht schaffen könne zwischen der Abfolge ruhiger, ziemlich unausgefüllter Tage, die sie in diesem Haus verbrachte, und jenen Vorzeichen, die die Finsternis am Rande ihrer eigenen Existenz aufhellten.

Sie räumte die Küche auf und sagte sich dabei immer wieder: Ich muß nachdenken.

Nachdenken, befahl sie ihrem Spiegelbild im Badezimmer. Dann bedeckte sie ihr Gesicht mit einer Creme, von der sie für hundert Gramm fünfundzwanzig Dollar bezahlt hatte. Sie beobachtete die schreckliche, unumkehrbare Kraft der weißen Haare, die sich ihren groben Weg durch die schwarzen Haare bohrten. Ihr Mund wurde weicher, verbreiterte sich zur Zweideutigkeit; die scharfe Kontur ihres Kinns wurde durch ein leichtes Schwellen des Fleisches verwischt. Sie nahm die Creme ab und rubbelte ihr Gesicht mit Seife ab. Als sie noch einmal in den Spiegel blickte, gesäubert, Wangen und Stirn so nackt, wie ein Körper nackt sein konnte, lächelte sie gewinnend und hoffte, einem Urteil gegen sich selbst zuvorzukommen, von dem sie merkte, daß es sich nach der Überprüfung ihres dahinschwindenden Äußeren bildete. Aber das Urteil – wie immer es auch ausgefallen wäre – entschlüpfte ihr, ehe sie es fassen konnte.

Was sie einen Augenblick lang sah, waren die besiegten Energien ihres Vaters in ihren Augen und, damit vermischt, die zähe Kraft der Gesichtszüge ihrer Mutter, die sich alle auf geheimnisvolle Weise in sie selbst verwandelt hatten. Sie berührte den Spiegel, Finger auf Spiegelfinger.

Das Telefon läutete. Sie nahm ohne jede Hast ab. Jetzt erwartete sie gar nichts.

Es war Tanya, eine unverheiratete Freundin, die Sophie seit Jahren kannte und die sie gelegentlich einmal anrief. Sie mußte mit einem Mann Schluß gemacht oder mit einem neuen etwas angefangen haben. Inzwischen sahen sie sich nur noch selten, obwohl früher einmal so etwas wie ein Band zwischen ihnen bestanden hatte, vielleicht ein Band der Empfindsamkeit. Das war, als Sophie sich noch mit Übersetzungen beschäftigt und über ihre Arbeit eine Menge Leute getroffen hatte, die ihr seinerzeit interessant erschienen waren. Tanya war die einzige, mit der sie noch ab und zu Kontakt hatte. Damals wie heute arbeitete sie für eine französische Nachrichtenagentur, und sie hatte einmal einen kurzen Artikel über *Adolphe* verfaßt, der in einer drei Pfund schweren Vierteljahreszeitschrift veröffentlicht wurde, die nach der fünften Ausgabe vom Markt verschwand, vielleicht von ihrem eigenen Gewicht erdrückt. Trotz des exzentrischen und gezierten Stils des Essays war Sophie von seiner Kraft beeindruckt gewesen, einer so *heißen* Kraft im Vergleich zu Tanyas kalter, dünner Persönlichkeit eines alternden Mädchens. Sie war heute zu Hause geblieben, erholte sich von einer Erkältung und hatte plötzlich an Sophie gedacht, sagte sie, sie habe sich gefragt, wie es ihr gehe, ob sie an irgend etwas arbeite, sie hätten sich so lang nicht mehr gesehen, und was glaube Sophie, solle sie, Tanya, diesen Sommer nach Peru oder nach Mexiko fliegen? Aber bevor Sophie antworten konnte, fuhr Tanya fort und schilderte ihr die letzte in ihrer atemberaubend langen Reihe von Affären.

Sophie ließ sich schwer auf das Bett fallen, hielt das Telefon fest und starrte auf die Zeiger der Uhr auf ihrem Nachttisch. Es hatte so viele Männer für Tanya gegeben – sie war wie eine Zeitkapsel, in der Männer Botschaften hinterlegten, die im Staub künftiger Jahrhunderte zu lesen sein würden. Kein Mann war, wie es schien, je zu diesem Muttertöchterchen vorgedrungen. Sie blieb wie immer eine vogelgleiche Stimme am Telefon, und jetzt, als Genesende – Sophie war sich sicher –, in einen teuren und schlechtsitzenden Hausmantel gekleidet, unversöhnlich, unerschütterlich, ungeheuer jungfräulich. Sie ist verrückt, dachte Sophie. Sie ist keine Hure, sie ist nicht frigide – einfach nur wahnsinnig.

«Seine Frau ist eine Flasche», sagte Tanya. «Das arme Würstchen kriecht in mein Bett, als wäre es Chartres. Weißt du, er hat die ganze Wohnung für mich ausgemalt! Drei Schichten! Er hat zwar Arthritis im Handgelenk, aber er weiß, wie abgebrannt ich bin, und die Wände hatten diese New Yorker Verzweiflungsfarbe, und so hat er es einfach selbst gemacht. Er ist ein goldiges Würstchen –»

«Warum räumst du nicht einmal für ein halbes Jahr das Feld?» unterbrach Sophie sie schreiend. «Weißt du nicht, wie blöd du bist? Du glaubst, nur weil es der Mann von irgendeiner anderen mit dir treibt, hättest du gewonnen! Du arme, dumme, alte Schreckschraube! Wen willst du eigentlich auf den Arm nehmen?»

O Gott, hatte sie sie totgeschrien? Am anderen Ende der Leitung kein Laut, nicht einmal das Säuseln eines Atems. Sophie zitterte, ihre Hände waren feucht. Dann hörte sie so etwas wie ein Zischen, das zu Worten gefror, ausgespuckt wurde, wie zerbrochene Zähne aus einem verletzten Mund.

«Du ... dreckige ... Fotze!» sagte es. Sophie ließ den Hörer auf die Gabel fallen.

Sie fing an, das Haus gründlich zu putzen und lenkte sich so von dem erstaunlichen Wortwechsel am Telefon und von ihrem eigenen Wutausbruch ab. Ihre ganze Aufmerksamkeit war auf das nach Lavendel duftende englische Wachs gerichtet, mit dem sie die Möbel polierte.

Die Stoßzeit des Vormittagsverkehrs war vorbei. Auf der Straße draußen war es ruhig. Doch das war eine Täuschung. Es war eine Belagerung im Gange – schon seit langer Zeit, aber die Belagerten selbst waren die letzten, die sie ernst nahmen. Erbrochenes vom Gehsteig abzuspritzen war nur eine provisorische Maßnahme, wie eine gute Absicht. Die Reihen schlossen sich – Mike Holstein hatte das gewußt, als er mit dem Stein in der Hand in seinem Schlafzimmer stand –, aber es war fast unmöglich zu wissen, wo die Reihen waren.

Sophie machte sich eine Tasse starken Kaffee und ging an ihren Schreibtisch im Schlafzimmer. Sie mußte ihrer Mutter schreiben, bevor ihr innerer Drang erstarb, bevor es zu spät war. Dieses Mal hätte sie ihr etwas zu erzählen, eine Geschichte, mit der die Leere der Seite gefüllt werden konnte, um das tatsächliche Schweigen zwischen ihnen Lügen zu strafen, das eingesetzt hatte, als Sophie von zu Hause weggegangen war, nachdem sie zum letzten Mal von diesem hämischen Applaus geweckt worden war. Sie würde ihr etwas über die Katze schreiben; ihrer Mutter würde das gefallen. Sie würde den Vorfall so schildern, daß sie, vorausberechnet, genau den richtigen Ton treffen würde, um die Verachtung und die helle Freude der alten Frau zu wecken.

Aus einer Schublade nahm sie Papier und ein Kuvert. Sie füllte den alten Füllfederhalter, den Otto in einem Antiquitätenladen für sie gefunden hatte, in einem kleinen Tintenfaß aus Kristallglas, das auf silbernen Klauenfüßen stand. Der Fuß des Schreibtischstuhls hatte sich in den Fransen des Teppichs verfangen, aber in dem Moment, in dem sie sich vorbeugte, um ihn zu befreien, hörte sie das Geräusch eines Schlüssels in der Eingangstür. Sie stand auf und blickte überrascht auf ihre Nachttischuhr. Es war kurz vor Mittag. Ottos Schritte waren auf der Treppe zu hören; dann kam er ins Schlafzimmer.

«Ich habe ein paar Sachen erledigt, dann wollte ich gleich nach Hause kommen», sagte er. Er sah sehr müde aus. «Ich wollte dich anrufen, um dir zu sagen, daß ich komme, aber ich hatte Angst, daß das Läuten des Telefons dich erschrecken würde. Du hättest geglaubt, sie hätten herausgefunden, daß die Katze tollwütig war. Die U-Bahn war grauenvoll. Ich war wütend ... Ich habe die Kanzlei schon um halb elf verlassen und habe bis jetzt gebraucht. Ein paar Jugendliche haben randaliert. Sie haben etliche Fenster eingeschlagen und ... *Jugendliche*!» Mit verzehrender Bitterkeit wiederholte er das letzte Wort. «Deshalb hatten alle Züge Verspätung. Ich wußte nicht, was ich machen sollte.»

«Es war schon in Ordnung», sagte sie. «Der Tierschutzverein hat natürlich nicht angerufen. Ich nehme an, daß sie die Katze sofort loswerden wollen? Was werden sie tun? Sie erwürgen? Aber es hat tatsächlich jemand angerufen. Tanya. Am Anfang war es unsere übliche Unterhaltung. Aber dann habe ich Klartext mit ihr gesprochen. Ich meine, ich habe ihr gesagt, daß ich sie satt hätte. Da hat sie mich eine dreckige Fotze genannt.»

Otto zuckte zusammen. Das gefiel ihm nicht. Sophie lachte. «O ja, das war das treffende Adjektiv, dreckig, genau das, was sie wirklich meinte. Sie ist nämlich wie eine Fee, weißt du. Schau nicht so! Ich habe mich mies gefühlt, aber nur eine Sekunde lang.»

«Was hast du gemacht, seit ich weggegangen bin?»

«Nicht viel. Erst jetzt ist mir eingefallen, daß ich meiner Mutter schreiben sollte. Ich habe mir überlegt, was ich ihr erzählen könnte.» Er starrte sie an.

«Ich bin froh, daß du nach Hause gekommen bist», sagte sie.

Der Nebenapparat auf dem Schreibtisch klingelte. Mit einem gewissen Widerwillen griff er danach. Sie schüttelte den Kopf und legte die Hand auf die Muschel. «Ich weiß, daß sie nicht anrufen. Ich sage dir, ich weiß es», sagte sie irritiert. Sie nahm den Hörer hoch.

«Sophie? Ist Otto da?» fragte Charlie Russel. «Ich habe im Büro angerufen, und da sagte man mir, daß er nach Hause gegangen sei. Ich muß mit ihm reden.»

«Augenblick.» Sie hielt Otto den Hörer hin. «Es ist Charlie.»

Otto schüttelte sich wie ein nasser Hund. «Nein! Nein! Ich werde nicht mit ihm sprechen.»

«Er wird nicht mit dir sprechen», wiederholte Sophie in die Sprechmuschel.

«Ich *muß* mit ihm reden», rief Charlie. «Es gibt tausend Dinge ... Wie lang glaubt er, alledem aus dem Weg gehen zu können? Was ist mit früheren Verträgen? *Du holst ihn jetzt dran*!» Sie streckte den Hörer wieder aus. Otto sah auf ihn hinunter. Sie konnten beide Charlies gesenkte Stimme hören wie ein sirrendes Insekt.

«Ich bin verzweifelt!» kreischte das runde schwarze Loch.

«*Er* ist verzweifelt!» rief Otto. Sein verwirrter Blick fiel plötzlich auf das Tintenfaß auf Sophies Schreibtisch. Blitzartig packte er es und warf es mit voller Wucht gegen die Wand. Sophie ließ das Telefon auf den Boden fallen und lief zu ihm. Sie schlang ihre Arme so fest um ihn, daß er sich einen Moment lang nicht mehr rühren konnte.

Die Stimme drang immer weiter aus dem Telefon wie Gas aus einer lecken Leitung. Sophie und Otto hörten nicht mehr zu. Ihre Arme fielen von seinen Schultern herunter, und beide drehten sich langsam zur Wand, drehten sich, bis sie beide sehen konnten, wie die Tinte in schwarzen Linien zum Boden hinunterrann.